SABINE STÄDING

JOHNNY SINCLAIR

Weitere Titel der Autorin:

Magnolia Steel – Hexendämmerung
Magnolia Steel – Hexenflüstern
Magnolia Steel – Hexennebel
Petronella Apfelmus – Verhext und festgeklebt
Petronella Apfelmus – Zauberschlaf und Knallfroschchaos
Petronella Apfelmus – Schneeballschlacht und Wichtelchaos
Petronella Apfelmus – Zauberhut und Bienenstich
13 Weihnachtstrolle machen Ärger

SABINE STÄDING

JOHNNY SINCLAIR

Beruf: Geisterjäger

Mit Illustrationen von Mareikje Vogler

BAUMHAUS

Für Anja Girmscheid
mit einem dicken Dankeschön für die tolle
Zusammenarbeit und Unterstützung.
Es hat einfach Spaß gemacht!

FSC® www.fsc.org
MIX
Papier aus verantwortungsvollen Quellen
FSC® C083411

Dieser Titel ist auch als E-Book erschienen.

Originalausgabe

Umschlaggestaltung: Mareikje Vogler/Götz Rohloff
Umschlagmotiv: Mareikje Vogler, Hamburg
Layout und Satz: Götz Rohloff, Die Buchmacher, Köln
Gesetzt aus der Fabiol
Druck und Einband: CPI books GmbH, Leck - Germany

Printed in Germany
ISBN 978-3-8339-0467-7

5 4 3 2

Sie finden uns im Internet unter www.baumhaus-verlag.de
Bitte beachten Sie auch www.luebbe.de

1. Kapitel

Ein Flur voller Gespenster

Trutzig wie ein steinerner Riese hockte die alte Burg auf ihrem Hügel in den schottischen Highlands und ließ den Blick über dunkle Moore und grüne Täler schweifen. Wer Zeit hatte und ganz genau hinhorchte, konnte es hinter den alten Mauern wispern hören.

Johnny Sinclair, ein junger Schotte aus dem Sinclair-Clan und Bewohner von Greyman Castle, hatte *keine* Zeit.

Nervös kaute er auf seiner Unterlippe und spähte immer wie-

der hinaus auf den dunklen Flur. Er würde es niemals zugeben, aber er hasste es, nach Einbruch der Dunkelheit den langen, düsteren Korridor vor seinem Zimmer entlangzugehen. Es war immer das Gleiche. Wenn man es nicht schaffte, zwischen dem tanzenden Kilt und dem Schwert schwingenden Highlander in den Treppenturm zu gelangen, war es zu spät. Denn dann waren sie da. Alle! Und das konnte verdammt unangenehm werden.

Noch einmal öffnete der junge Schotte die Tür seines Zimmers und spähte hinaus auf den Flur. Das letzte Tageslicht fiel durch die bleiverglasten Fenster und warf ein graues Muster auf den zerschlissenen Läufer. Alles war ruhig. Johnny holte tief Luft und sprintete los. Sechs Atemzüge hatte er Zeit, den Treppenturm zu erreichen. Dann würde der Schwert schwingende Highlander da sein.

Eins ... zwei ... drei ... Johnny zählte genau mit. Schon tauchte vor ihm die steinerne Wendeltreppe auf, die nach oben ins nächste Stockwerk führte. Vier ... fünf ... Er bremste so heftig, dass der Läufer unter seinen Füßen Funken sprühte.

»Menno!«

Drei Stufen über ihm stand sie. Besser gesagt, sie schwebte, und wie immer drehte sie ihm den Rücken zu. Barfuß, in einem weißen Kleid, die mageren Arme hinter dem Rücken verschränkt, sah sie aus dem winzigen Fenster. Ein welker Blumenkranz schmückte ihr langes schwarzes Haar.

»Aus dem Weg!«, verlangte Johnny und versuchte seiner Stimme einen drohenden Klang zu geben.

Das Mädchen rührte sich nicht, aber das Flimmern, das ihren Körper umgab, wurde heller.

»Ich befehle es dir!«, setzte Johnny nach, so wie er es aus den vielen Geisterjägerromanen kannte, die er so gern las. Und als das noch immer nicht wirkte, sagte er: »Okay, dann nenn mir deinen Namen und zeig mir dein Gesicht!«

Doch das Geistermädchen blieb stumm und schwebte rückwärts auf ihn zu.

Erschrocken hielt Johnny die Luft an. War er total verrückt geworden? Was redete er da? Er wollte ihr Gesicht doch gar nicht sehen. Niemals! Und er wollte auch nicht wissen, wer sie war und weshalb sie ihm erschien. Er wollte bloß, dass sie verschwand und ihn in Ruhe ließ!

Da setzte plötzlich der Klang afrikanischer Trommeln ein. Rhythmisch und beschwörend hallten die Töne in dem alten Turm wider. Die Aura des Geistermädchens fing an zu flackern und löste sich im nächsten Moment auf. Ein eisiger Wind strich Johnny übers Gesicht, dann war der Spuk vorbei.

Erleichtert atmete er auf und lief die steinerne Wendeltreppe nach oben. Die Trommeln wurden mit jeder Stufe lauter, und ein monotoner Singsang mischte sich unter die Töne. Schnell schlüpfte Johnny durch die breite Tür zu seiner Rechten.

Der Raum, in dem er sich nun befand, war erfüllt von dumpfen Klängen. Sie kamen aus zwei großen Lautsprecherboxen rechts und links neben der Tür.

In einer Ecke des Raums stand eine dunkelhäutige Frau vor einem blumengeschmückten Schrein. Sie wickelte etwas um eine Puppe aus grobem Leinen und setzte ihren Singsang dabei unablässig fort.

So leise wie möglich schlich Johnny an ihr vorbei. Nicht leise genug, denn obwohl sie ihm den Rücken zuwandte, hatte sie ihn bemerkt und fuhr blitzschnell herum.

»Herrje, Johnny! Wie oft habe ich dir gesagt, du sollst mich nicht stören, wenn ich mitten in einer Zeremonie stecke!«

Johnny Sinclair warf einen schnellen Blick auf die Puppe, die zwischen zwei blauen Kerzen auf einer Art Altar lag. Er erkannte sofort, dass es sich dabei um ein Abbild von Mrs Adams, der Hausköchin, handelte, denn ihr Gesicht klebte auf dem Kopf der Puppe.

»Ich muss unbedingt an meinem Schleichschritt arbeiten«, sagte er zerknirscht. »Aber die Glasgow Rangers spielen gegen Manchester City, und ich ...«

Die Frau am Altar starrte ihn finster an. »Du wolltest dich an mir vorbeischleichen? An mir ... einer Mambo? Ich habe das dritte Auge, schon vergessen? Und das sitzt genau hier!« Sie deutete auf ihren Hinterkopf.

»Tut mir leid«, murmelte Johnny und verkniff sich den Hinweis, dass ihr drittes Auge meistens ziemlich blind war.

Cécile, so hieß die Frau, stammte aus Haiti. Sie war sein Kindermädchen und eine Mambo, eine Voodoo-Priesterin. Zumindest behauptete sie das von sich.

Jetzt starrte sie Johnny zornig an. Doch schon im nächsten Moment wurde ihr Blick weich. »Was ist los? Deine Nase ist ja so weiß wie ein Mairübchen. Haben sie dir wieder aufgelauert?«

Johnny nickte. »Es sei denn, hier wohnt jemand zur Untermiete, den wir noch nicht kennen. Ein Mädchen. Dunkle Haare, weißes Kleid. Und sie schwebt.«

Johnny hatte in letzter Zeit oft mit Cécile über die Geister auf Greyman Castle gesprochen. Das Dumme war nur, dass niemand außer ihm sie je gesehen hatte. Nicht einmal Cécile mit ihrem zweiten Gesicht und dem dritten Auge.

»Ooooh, mon petit chou!«, sagte das Kindermädchen nun und breitete voller Mitleid die Arme aus. Johnny konnte sich gerade noch wegducken, bevor sie ihn an ihren üppigen Busen drückte.

»Halb so wild«, meinte er cool. Das Fußballspiel war jetzt eindeutig wichtiger. Denn wenn er sich erst auf eine Diskussion über Geister einließ, war die erste Halbzeit vorbei, bevor er überhaupt den Fernseher eingeschaltet hatte.

»Ich würde jetzt echt gerne das Spiel sehen. Ähm, wenn du einverstanden bist«, schob er schnell hinterher.

Cécile sah ihn noch einmal forschend an und nickte gnädig.

»Also gut. Ich brauche hier noch ein bisschen, aber ich komme gleich nach.«

Erleichtert atmete Johnny auf und verschwand durch die Verbindungstür in ihr Zimmer. Er wusste nicht, ob es etwas mit ihrem Voodoo-Zauber zu tun hatte, aber Cécile war die Einzige auf der Burg, bei der der Fernseher störungsfrei lief.

Johnny warf sich in den bequemen Sessel und griff nach der Fernbedienung. Das Spiel hatte bereits begonnen.

Cécile war seine Familie, solange seine Eltern nicht da waren. Was ziemlich oft der Fall war, denn Simon und Alice Sinclair waren weltweit geachtete Ethnologen. Und wenn sie nicht gerade ein paar Ureinwohner im brasilianischen Regenwald besuchten, spürten sie garantiert einen vergessenen Schweizer Dialekt auf oder hielten Vorträge vor chinesischen Studenten. Bis zu seinem sechsten Lebensjahr hatte Johnny sie auf ihren Reisen begleitet. Dann fing für ihn die Schule an, und es war Schluss mit dem lustigen Nomadenleben, wie Cécile es nannte. Während seine Eltern weiter durch die Weltgeschichte reisten, verbrachte er sein Leben im nebligen Schottland, auf der halbverfallenen Burg seiner Urgroßväter. Bloß um in Blacktooth zur Schule zu gehen.

Leider lief das Fußballspiel nicht so, wie Johnny es sich gewünscht hätte. Manchester war in Topform, und die Glasgow Rangers lagen bereits 2:0 zurück.

Da öffnete sich die Tür, und Cécile kam herein. Sie hatte Tee gekocht und stellte das Tablett mit Bechern und selbst gebackenen Scones auf dem kleinen Tischchen neben Johnnys Sessel ab.

»Wie steht's?«, fragte sie und ließ sich in ihr Bett plumpsen.

»2:0«, antwortete Johnny, während er weiter auf den Fernseher starrte.

Cécile stopfte sich einen ganzen Berg Kissen hinter den Rücken und thronte jetzt wie die Prinzessin auf der Erbse in ihrem großen Himmelbett. Johnny musste lächeln. Früher hatten sie immer zusammen in ihrem Bett gesessen und ferngesehen. Doch mit zwölf verbot sich das natürlich von selbst. Kein Sinclair saß in diesem Alter noch neben seinem Kindermädchen im Bett!

Nach dem Abpfiff blieben sie noch eine Weile schweigend beieinander sitzen. Sie schlürften ihren Tee und aßen die Scones, die Mrs Adams am Morgen für sie gebacken hatte.

»Die Rangers sind wie aufgescheuchte Moorhühner über den Platz geflattert«, stellte Cécile fest und gähnte lautstark.

Johnny sah sie missmutig an. Cécile hatte leider recht. Den lahmen Gurken fehlte einfach der nötige Biss.

Er reckte sich und stand auf. Es war schon spät, und er musste noch Hausaufgaben machen.

»Ich geh dann mal«, brummte er und blieb unschlüssig an der Tür stehen. Ihm war irgendwie mulmig zumute.

Es war noch nicht allzu lange her, seit die Sache mit den Geistern angefangen hatte. Um genau zu sein, passierte es das erste Mal an seinem zwölften Geburtstag. Johnny hatte jede Menge Urwaldsuppe und Monsterpunsch in sich hineingeschlürft und musste nachts noch einmal aufs Klo. Das war jedes Mal ein langer Marsch durch noch längere Korridore, und Johnny nahm den Weg bloß auf sich, wenn es gar nicht anders ging. In dieser Nacht ging es nicht anders. Doch er spürte sofort, dass etwas nicht stimmte.

Kaum hatte er sein Zimmer verlassen, bemerkte er am Ende des Korridors eine helle Gestalt. Und was noch viel schlimmer war: Die Gestalt bemerkte ihn. Augenblicklich setzte sie sich in Bewegung und kam auf ihn zu. Nicht besonders schnell, aber auch nicht besonders langsam. Johnny wollte umdrehen und zurück in sein Zimmer flüchten, doch seine Beine rührten sich nicht vom Fleck. Stattdessen hatte er das Gefühl, immer tiefer in den zerschlissenen Läufer zu sinken. Voller Panik schaute er an sich herab und musste feststellen, dass seine Füße schon nicht mehr zu sehen waren.

Dafür sah er die Gestalt, die dort auf ihn zukam, umso deutlicher. Es war ein Junge in seinem Alter. Alles an ihm war farblos: das junge, ernste Gesicht, die Handschuhe, die Uniform und die Trommel, die er lautlos schlug.

Durch seinen Körper hindurch konnte Johnny den Korridor sehen. Ihm war sofort klar, dass es sich nur um einen Geist handeln konnte. Trotz aller Angst konzentrierte er sich darauf, seine Füße aus dem Teppich zu ziehen. Und plötzlich konnte er sich wieder bewegen. Er stolperte zurück in sein Zimmer und schlug die Tür hinter sich zu.

Seine Eltern, denen er sofort davon erzählte, schoben die Erscheinung auf die vielen Hotdogs und die Urwaldsuppe.

Johnny hätte ihnen beinahe geglaubt. Wäre nicht sieben Tage später etwas ganz Ähnliches passiert ...

»Willst du darüber reden?«, holte Cécile ihn aus seinen dunklen Gedanken.

»Was?«

»Du stehst seit zwei Minuten an der Tür, ohne sie zu öffnen. Soll ich das Gästebett fertig machen? Möchtest du heute lieber hier schlafen?«

Johnny schüttelte den Kopf. »Nicht nötig«, sagte er und öffnete die Tür.

Doch so schnell ließ sich Cécile nicht abschütteln. »Hör auf, den starken Mann zu spielen«, blaffte sie. »Du bist ein kleiner Junge. Moment, ich gebe dir etwas, das dich beschützt!«

Sie schob sich aus dem Bett und fing an, in ihrem Nachtschrank zu kramen. »Hier, häng dir das um!«

Noch ehe Johnny protestieren konnte, baumelte eine getrocknete Hasenpfote um seinen Hals. Er wusste nicht, was schlimmer war: draußen von wabernden Geistern erwartet zu werden oder die mumifizierte Pfote eines Hasen auf seiner Brust zu spüren.

»Ich will das Ding nicht!«, brummte er und zog angeekelt den Kopf aus der Schlinge.

»Du willst nicht?«, fragte Cécile empört.

»Es nützt sowieso nichts!«

Johnny drehte sich allein beim Gedanken an die Pfote der Magen um.

»Unsinn!«, erklärte Cécile. »Natürlich nützt es was! Bloß weil ein Artefakt klein ist, heißt es nicht, dass es keine magischen Kräfte besitzt. Ein Floh kann einem Löwen mehr zu schaffen machen als ein Löwe einem Floh!«

Johnny verdrehte die Augen. »Ich muss jetzt runter, Hausaufgaben machen!«

Cécile sah ihn einen Moment lang an. Dann holte sie aus derselben Schublade, aus der sie zuvor die Hasenpfote gezogen hatte, ein Ledersäckchen heraus.

»Warte, nimm wenigstens das!«, rief sie und drückte Johnny den Lederbeutel in die Hand. »Darin sind Späne der afrikanischen Traumwurzel«, erklärte sie. »Sie halten herumstreunende Seelen fern. Du musst sie bloß von innen auf deine Türschwelle streuen.«

»Mach ich«, versprach Johnny und lächelte erleichtert.

Cécile erwiderte sein Lächeln. »So, und jetzt bringe ich dich zurück in dein Zimmer. Wir haben Vollmond. Da sind die Toten besonders unruhig.«

Obwohl Johnny beteuerte, dass er sehr gut allein gehen könne, war er doch froh, dass sich Cécile nicht davon abbringen ließ, ihn zu begleiten. Sie schnappte sich zwei haitianische Kürbisrasseln und klapperte ihnen damit den Weg frei.

»Geister können dieses Geräusch nicht ausstehen!«, erklärte sie, während sie rasselnd den Treppenturm hinunterstiegen.

Offensichtlich hatte sie recht. Ohne auch nur von einer einzigen herumstreunenden Seele belästigt zu werden, erreichten sie Johnnys Zimmer.

Cécile rasselte zum Schluss noch einmal in allen vier Ecken des Raumes herum und ließ ihn dann allein.

»Wenn etwas ist, melde dich durch das Sprechrohr«, sagte sie. »Und wenn du dich fürchtest, kannst du jederzeit hochkommen und auf der Couch schlafen.«

»Nicht nötig!«, versicherte Johnny. Er war schließlich kein Baby mehr!

Johnnys Zimmer war ein großer Raum mit kleinen Fenstern. Er war mit allerhand dunklen, schweren Möbeln bestückt, die sich über die Jahrhunderte auf der Burg angesammelt hatten. Außerdem gab es eine Verbindungstür zum Schlafzimmer seiner Eltern. Was ein beruhigendes Gefühl war, wenigstens solange sie da waren.

Jetzt schloss Johnny seine Zimmertür hinter Cécile sorgfältig ab und verteilte die Späne der afrikanischen Traumwurzel direkt auf der Schwelle. Er achtete penibel darauf, dass keine Lücke entstand, durch die sich die Geister Zutritt verschaffen konnten. Dann setzte er sich an seinen Schreibtisch und löste die Matheaufgaben, die ihre Lehrerin Mrs Brodie ihnen zum nächsten Tag aufgegeben hatte.

Immer wieder wanderten seine Gedanken zu dem stummen Geistermädchen und den anderen Spukgestalten, die sich auf der Burg herumtrieben. Und immer wieder fragte er sich, was sein Namensvetter und großes Idol John Sinclair wohl an seiner Stelle getan hätte. Sicher hätte er sich nicht ängstlich in seinem Zimmer verkrochen und gehofft, dass der Spuk eines Tages von allein vorbeiging. Sicher hätte er die Geister gejagt. Denn genau das war sein Job.

John Sinclair war nämlich ein berühmter Geisterjäger und außerdem Oberinspektor der bekannten Londoner Kriminalpolizei Scotland Yard. Und nicht nur das. Er hatte sogar seine eigene Romanheftserie!

Seine Fälle waren legendär. Genauso wie seine Waffen. Der Stab des Buddha, die Dämonenpeitsche und die gnostische Gemme waren nur drei der magischen Gegenstände, deren er sich bediente. Johnny seufzte. Davon konnte er bloß träumen. Ihm blieb nur der Stapel zerfledderter Romanhefte, die er auf dem Dachboden in einer alten Truhe entdeckt hatte und die er so gern las.

Behutsam zog er eins der alten Hefte aus seinem Schreibtisch und strich die verblichenen Seiten glatt. *Geisterjäger John Sinclair – Die Bestien aus dem Geistersumpf* stand in gelben Buchstaben auf dem Titel. Johnny zögerte einen Moment und legte das Heft dann ungelesen in die Schublade zurück. Irgendwie war ihm im Moment nicht nach Lesen zumute. Zu viele andere Dinge geisterten ihm durch den Kopf. Hinter den Mauern von Greyman Castle spukte es. Und zwar gewaltig!

Mit Schaudern musste Johnny an Mr Hopkins denken, den alten Uhrmacher aus dem Dorf. Er hatte sich jahrelang ehrenamtlich um die sieben historischen Uhren auf Greyman Castle gekümmert. Und vor ein paar Wochen fand man ihn eines Morgens leblos mit verrenkten Gliedern im Burghof liegen. Das Entsetzen stand ihm noch immer ins Gesicht geschrieben.

Für die Polizei, die extra aus Inverness angereist war, war die Sache schnell klar gewesen. Mr Hopkins war beim Versuch, die Turmuhr aufzuziehen, aus dem Fenster gefallen.

Johnny konnte über so viel Dummheit nur lachen. Er wusste, dass der Fall bei Geisterjäger John Sinclair viel besser aufgehoben gewesen wäre als bei den Pappnasen von der örtlichen Polizei.

Denn John Sinclair hätte genau gewusst, dass es bei dem Fenstersturz nicht mit rechten Dingen zugegangen war. Warum sollte Mr Hopkins auch den dämlichen Wunsch verspürt haben, mitten in der Nacht die Turmuhr aufzuziehen?

Es war nur ein paar Tage her, da hatte Johnny den Geist des Uhrmachers gesehen. Er war etwas blasser als die anderen, und er hielt noch immer den großen Uhrenschlüssel in der Hand. Dabei blickte er Johnny so anklagend an, als hätte der ihn höchstpersönlich vom Turm geschubst.

Johnny schüttelte sich, als wollte er dadurch all die dunklen Gedanken vertreiben. Dann beugte er sich wieder über seine Matheaufgaben.

Bevor er ins Bett ging, sah Johnny sich noch einmal gründlich in seinem Zimmer um. Er war mutig, aber er war nicht blöd. Es war später Abend, und jeder Säugling wusste, dass Geister immer stärker wurden, je weiter es auf Mitternacht zuging.

Kritisch ließ er seinen Blick durch den Raum wandern. Sein riesiges Bett mit den vier Pfosten, dem Baldachin und den Vorhängen aus bestickter Seide lud geradezu ein, sich darunter zu verstecken.

Vorsichtshalber und obwohl er die ganze Zeit im Zimmer gewesen war, warf sich Johnny vor seinem Bett auf den Bauch und leuchtete mit seiner Taschenlampe darunter. Doch außer ein paar Staubflocken konnte er nichts entdecken. Dann kontrollierte er noch einmal, ob auch alle Fenster geschlossen waren, und überprüfte den großen Schrank und die Truhe, die direkt neben seinem Bett stand. Aber alles war gut.

Schnell schlüpfte er in seinen warmen Flanellpyjama.

Greyman Castle hatte dicke, wehrhafte Mauern, in denen die Kälte hing wie die Kletten im Fell eines schottischen Schäferhundes. Auf den zugigen Burgen war es von jeher Sitte, die Betten mit einem Baldachin und Vorhängen zu versehen, um es nachts wenigstens ein bisschen warm zu haben.

Johnny wollte die Vorhänge an seinem Bett gerade zuziehen, als sein Blick auf die Verbindungstür zum Zimmer seiner Eltern fiel.

Die Tür war noch nicht gesichert. Hastig stieg er aus dem Bett und verteilte die letzten Wurzelspäne auf der Schwelle. Jetzt konnte er hoffentlich ruhig schlafen.

2. Kapitel

Die Tür zum Jenseits

Johnny wusste nicht, was ihn geweckt hatte, aber es mussten wohl seine Füße gewesen sein. Seine Zehen fühlten sich an wie Tiefkühlwürstchen. Er zog sie unter die Bettdecke, doch die Kälte folgte seinen Füßen. Johnny wickelte sich fester in die weiche Daunendecke und lauschte ins Dunkel. Bildete er sich das ein, oder wurde es tatsächlich mit jedem Atemzug kälter in seinem Zimmer?

Vorsichtig schob er die Vorhänge zur Seite – und wirklich.

Es war so eisig wie in einem Gefrierschrank. Johnny knipste die Taschenlampe an und traute seinen Augen nicht. Feiner Raureif hatte sich über den Schreibtisch, den Sessel und die Deckenlampe gelegt. Sein Atem stand ihm in kleinen Wolken vor dem Gesicht, und er fühlte, wie seine Nackenhaare sich ganz langsam sträubten. Der schwere Türdrücker zum Schlafzimmer seiner Eltern hatte sich eben bewegt. Zentimeter für Zentimeter wurde er heruntergedrückt.

Jemand wollte zu ihm ins Zimmer!

Johnny schlug das Herz bis zum Hals. Wie der Blitz rollte er auf der anderen Seite aus dem Bett und ließ sich lautlos zu Boden gleiten. Hektisch tastete er im Dunkeln nach dem Sprechrohr, das sein Zimmer mit dem von Cécile verband.

»Cécile!«, zischelte er aufgeregt in den Trichter am Ende des Rohres. »Cécile!«

Keine Antwort.

Ängstlich lugte Johnny über den Rand seines Bettes. Die Zimmertür wurde langsam geöffnet.

»Cécile! Bitte wach auf, hier geht etwas echt Seltsames vor sich!«, flüsterte er immer drängender. Als er auch darauf keine Antwort bekam, nahm er all seinen Mut zusammen und brüllte in den Trichter: »Cécile!!!! HILFE!!!! Komm schnell, und bring die Hasenpfote mit!«

»Johnny!« Die Verbindungstür flog auf, und sein Kindermädchen stürzte herein. »Alles okay?«

»Cécile?« Verwirrt sah Johnny sie an. »Was machst du hinter dieser ...«

... Tür, wollte er fragen. Doch dann fiel es ihm wie Schuppen von den Augen.

»Du warst die ganze Zeit nebenan?« Ungläubig krabbelte er zurück in sein Bett. »Du hast mich zu Tode erschreckt. Ich hätte mir vor Angst fast in die Hosen gepinkelt.«

Cécile knipste das Licht an. »Jetzt reg dich bloß nicht auf. Ich hatte ein Auge auf dich. Deine Eltern würden mich zum Teufel jagen, wenn dir etwas passieren würde.« Ungläubig sah sie sich im Zimmer um.

»Trotzdem hättest du dich nicht so hinterhältig anzuschleichen brauchen«, fand Johnny. »Ich dachte, du wärst irgendein blöder Geist, der zu mir ins Zimmer will!«

»Okay, tut mir leid, wenn ich dich erschreckt habe«, sagte Cécile. »Aber es wurde plötzlich so kalt, und da wollte ich nachsehen, ob bei dir alles in Ordnung ist.«

Johnny atmete erleichtert auf. »Wie lange bist du schon nebenan?«

»Die ganze Zeit. Ich wollte dich nicht beunruhigen, deshalb habe ich nichts gesagt.«

Der junge Schotte grinste. »Das hat ja prima geklappt.«

Cécile nickte. »Kinder, auf die ich aufpasse, kommen niemals zu Schaden!«

Johnny zog zweifelnd eine Augenbraue hoch. Von welchen

Kindern redete sie? Ihn konnte sie damit jedenfalls nicht meinen. Denn er konnte die Male kaum zählen, an denen er von der Schaukel gefallen war, sich die Finger an Räucherstäbchen verbrannt hatte oder in eine der spitzen Voodoo-Nadeln getreten war.

Cécile schien seinen Gesichtsausdruck nicht zu bemerken.

»Bei dir sieht es aus wie im Winterwunderland«, stellte sie fest und sah sich unbehaglich um. »Jemand muss ... die Tür zum Jenseits geöffnet haben«, murmelte sie.

»D...Die Tür zum Jenseits?«

Cécile lauschte. »Sie ist wieder geschlossen.«

»Sicher?«

»Ganz sicher!«

Trotzdem holte sie ihre Rasseln und klapperte noch einmal alle Ecken des Zimmers ab. »So, und jetzt öffne die Fenster und lass die Kälte raus.«

Johnny gehorchte. Und auf der Stelle wurde es wärmer in seinem Zimmer. Der Raureif verzog sich, und außer feuchter Luft blieb nichts zurück.

»Für heute ist die Sache erledigt«, erklärte Cécile. »Aber wir müssen ihr unbedingt auf den Grund gehen. Tote, die keine Ruhe finden, haben immer etwas zu sagen. Ich werde morgen das Orakel befragen. Falls doch noch etwas ist, ich bin nebenan.« Mit diesen Worten verschwand sie im Nebenzimmer und ließ die Tür einen Spalt weit auf.

Johnny blieb verwirrt zurück. Jemand hatte die Tür zum Jenseits geöffnet? Wovon redete Cécile? Er hatte nicht einmal gewusst, dass es im Jenseits überhaupt Türen gab. Blitzschnell ging er in Gedanken alle *John Sinclair*-Hefte durch, die er jemals gelesen hatte. Aber ihm fiel keines ein, in dem davon die Rede war.

Einen Moment starrte er die offene Verbindungstür an, dann stieg er wieder in sein Bett. Es war ein gutes Gefühl, Cécile in seiner Nähe zu wissen. Die Vorhänge ließ er diesmal offen. Er wollte es unbedingt mitkriegen, falls sich die Tür zum Jenseits ein zweites Mal öffnen sollte. Immer wieder blinzelte er durch halb geschlossene Augenlider in die Dunkelheit. Aber alles blieb ruhig.

Am nächsten Morgen musste Cécile ihn dreimal wecken.

Beim ersten Mal glaubte Johnny, er hätte geträumt. Beim zweiten Mal drehte er sich murrend zur Seite. Und beim dritten Mal hielt Cécile ihm kurzerhand die Nase zu.

»Guten Morgen!«, gurrte sie, wie nur sie gurren konnte, und war auch schon aus dem Zimmer.

Johnny musste erst einmal seine Gedanken ordnen. Bei Tageslicht kam ihm die Sache so unwirklich vor, dass er nicht sicher war, ob er vielleicht bloß geträumt hatte. Trotzdem streckte er prüfend einen Fuß aus dem Bett. Alles in Ordnung. Die Kälte war nicht zurückgekehrt.

Schnell stand er auf und zog sich an. Die Späne der afrikanischen Traumwurzel, die er am Abend zuvor so sorgfältig ausgestreut hatte, waren unversehrt. Das ließ nur einen Schluss zu: Entweder taugte Céciles Traumwurzel nicht als Gespensterschreck, oder etwas völlig anderes hatte die Kälte in seinem Zimmer verursacht. Im schlimmsten Fall etwas, das im Jenseits lauerte und nur darauf wartete, hereinzukommen.

Johnny fasste einen Entschluss. Er musste Oberinspektor John Sinclair um Hilfe bitten. Sicher wusste der berühmte Geisterjäger, was zu tun war. Gleich heute Nachmittag wollte er ihm eine E-Mail schicken.

Dann packte er seinen Rucksack für die Schule und ging nach einem kurzen Besuch im Bad zu Mrs Adams in die Küche.

Die Küche war der gemütlichste Raum in der ganzen Burg. Ein alter eiserner Herd sorgte für wohlige Wärme, und es duftete nach Rührei, Würstchen und Porridge.

»Guten Morgen, Mrs Adams!« Johnny setzte sich an den langen blank gescheuerten Tisch, und Mrs Adams füllte ihm gleich eine große Portion Heidelbeer-Porridge in seine Frühstücksschale.

Die meisten seiner Freunde hassten den süßen Haferbrei, aber Johnny liebte ihn. Es hatte etwas ungeheuer Beruhigendes, bei Mrs Adams in der Küche zu sitzen und warmen, süßen Porridge zu löffeln.

»Echtes Wolfswetter da draußen«, brummte die Köchin und

deutete mit dem Kopf zum Fenster. »Ist die reinste Waschküche. Ein Wunder, dass ich überhaupt heil hier angekommen bin.«

Rose Adams war ein schottisches Urgestein und hatte schon immer in Blacktooth gelebt. Sie war mächtig stolz darauf, dass ihre Vorfahren zu den Gründervätern von Blacktooth zählten. Niemand wusste so viele Geschichten über dieses Fleckchen Erde zu erzählen wie Mrs Adams. Und niemand war so abergläubisch wie sie.

Johnny warf einen kurzen Blick aus dem Fenster. Mrs Adams hatte recht. Viel zu sehen gab es da wirklich nicht. Nebel, wohin man schaute.

»Warum Wolfswetter?«, wollte er wissen.

Einer der Vorteile, zwölf Jahre alt zu sein, war, dass die Leute anfingen, mit einem wie mit einem normalen Menschen zu reden.

Und so hielt es auch Mrs Adams. »Ach, das sagt man bloß so«, winkte sie ab. »Ist eine alte Geschichte.«

Johnny überlegte kurz, ob sein Bedarf an alten Geschichten vielleicht gedeckt wäre, doch dann siegte seine Neugierde. »Was ist das für eine Geschichte?«

Mrs Adams zierte sich ein bisschen. Aber schon nach dem ersten »Bitte, Mrs Adams!« holte sie tief Luft und war nicht mehr zu bremsen.

»Gott sei Dank hat man ihn hier lange nicht mehr gesehen«,

erzählte sie und senkte die Stimme. »Aber die alte Mrs Crane ist ihm schon einmal begegnet. Es war ein Wetter wie heute. Nebel, so weit das Auge reicht.« Mrs Adams schüttelte sich, als würde ihr ein Schauer über den Rücken laufen. »Die arme Mrs Crane kann von Glück sagen, dass sie noch am Leben ist. Wäre nicht ein Bauer auf seinem Traktor vorbeigekommen, wäre die Geschichte sicher anders ausgegangen.«

Johnny sah Mrs Adams zwischen zwei Löffeln Porridge an. »Wer ist ihr begegnet? Ein Wolf?«

Die alte Frau schüttelte ihren grauen Lockenkopf. »Nein, mein Junge. Einen Wolf hätte sie mit ihrem Geschrei leicht vertreiben können. Aber das, was dort im Nebel lauerte, ließ sich nicht vertreiben. Manche meinten, es wäre nur noch sein Geist, andere glaubten, er könne überhaupt nicht sterben, weil er seine Seele an den Teufel verkauft hat.«

Johnny starrte Mrs Adams mit offenem Mund an und hatte glatt vergessen zu schlucken. Wortlos wischte er sich etwas Porridge vom Kinn.

»Früher, als meine Großmutter noch ein junges Mädchen war, trieb sich hier in der Gegend ein Verbrecher herum. Er war in eine Wolfshaut gewickelt und überfiel aus dem Nebel heraus Wanderer, die allein unterwegs waren. Man hat ihn nie erwischt.«

Johnny hing an Mrs Adams' Lippen. Das war neu. Er hatte nicht gewusst, dass hier bei Nebel ein Wahnsinniger herumlief.

»Und da trauen Sie sich allein auf Ihrem Rad hier herauf?«

Mrs Adams lachte. »Ein bisschen unheimlich war mir schon. Aber die Geschichte ist schon so lange her. Selbst die Sache mit Mrs Crane liegt gut zwanzig Jahre zurück. Der Kerl müsste inzwischen längst über hundert Jahre alt sein.«

In diesem Moment kam Cécile in die Küche. »Guten Morgen, Mrs Adams. Was macht die Schulter?«

Mrs Adams ließ ihre Schulter kreisen. »Ich weiß nicht, wie Sie es gemacht haben, aber es ist wunderbar. Endlich kann ich mir die Teekanne aus dem Regal holen, ohne meinen Mann um Hilfe bitten zu müssen.« Dann kam sie vertraulich näher. »Vom Voodoo sagen wir ihm am besten nichts«, flüsterte sie.

»Geht klar, Mrs Adams«, versprach Cécile im gleichen verschwörerischen Ton. »Ich möchte nicht, dass Sie Schwierigkeiten bekommen. Wir brauchen Sie hier oben auf der Burg schließlich noch.«

Rose Adams kam jeden Morgen aus dem Dorf herauf, um zu kochen und bei der Hausarbeit zu helfen.

Cécile blickte mit düsterer Miene aus dem Fenster, und Johnny wusste, dass sie sich in solchen Momenten zurück in ihre sonnige Heimat sehnte. Doch dann riss sie sich von dem trostlosen Anblick los und klimperte mit dem Autoschlüssel. »Was ist, junger Mann? Bist du bereit?«

Johnny schob sich den letzten Löffel Porridge in den Mund und stand auf. Eigentlich hatte er Mrs Adams ja zu den Geistern befragen wollen, die auf Greyman Castle hausten. Aber dafür war es jetzt zu spät. Ein Blick auf die Uhr zeigte, dass es höchste Zeit war, zur Schule zu fahren.

»Auf Wiedersehen, Mrs Adams!«, rief er über die Schulter und folgte Cécile in den Burghof, wo der alte Bentley bereits auf sie wartete. Johnny lächelte. Je trüber der Tag, desto bunter war Céciles Kleidung. Heute trug sie ein leuchtend gelbes Gewand und ein ebenso leuchtendes Kopftuch, das sie als Turban um ihren Kopf geschlungen hatte. Trübsinn hatte in ihrer Nähe keine Chance.

»Steig ein und schnall dich an«, befahl sie.

Doch Johnny hätte die Aufforderung gar nicht gebraucht, denn er hing an seinem Leben.

Es war ihm ein Rätsel, wo Cécile ihren Führerschein gemacht hatte. Ehrlich gesagt, wusste er nicht einmal, ob sie überhaupt einen Führerschein besaß. Sie war die schlechteste Autofahrerin der Welt.

Cécile selbst schien zu glauben, sie sei auf dem Nürburgring unterwegs, sobald sie ein Gaspedal unter ihren Füßen spürte. Sie fuhr Bleifuß und sonst nichts.

Die Reifen des alten Bentley drehten durch, und sie schossen durch den dunklen Torbogen davon. Der Nebel hing dick und grau über den Bergen, doch je weiter sie hinunter ins Tal kamen, desto dünner wurden die Nebelschleier, bis sie sich schließlich ganz auflösten.

»Hast du das Orakel schon wegen gestern Abend befragt?«, wollte Johnny wissen.

Spöttisch sah Cécile ihn an. »Glaubst du, das Orakel ist ein Huhn? Es schläft noch. Um diese Zeit ist es nie wach. Ich werde es heute Nachmittag probieren.«

»Und du meinst, es kann uns sagen, wer die Tür zum Jenseits geöffnet hat?«

»Vielleicht, vielleicht auch nicht. Wenn ich es wüsste, wäre ich selbst ein Orakel und würde mein Geld nicht als Kindermädchen verdienen.«

Das klang logisch.

»Dann frag das Orakel auch gleich nach den Gestalten, die auf Greyman Castle herumspuken«, schlug Johnny vor. »Und frag vor allem ... frag, wie wir sie wieder loswerden!«

Kurz vor Blacktooth trat Cécile unverhofft auf die Bremse, und sie rumpelten über die steinerne Brücke, die die Grenze zum Dorf markierte. Mit einer Tankstelle, ein paar Läden und zwei Hotels, in denen meist ältere Leute wohnten, war Blacktooth eher eine kleine Stadt als ein Dorf, zumal es sogar eine eigene Schule gab. Und genau dort hielt Cécile wie jeden Morgen an und ließ Johnny aussteigen.

»Wir sehen uns heute Nachmittag!«, rief sie und brauste mit quietschenden Reifen davon, um ein paar Besorgungen zu machen.

Johnny reihte sich in den Pulk von Schülern ein, die alle auf einmal durch die Eingangspforte auf das Schulgelände drängten. In Gedanken ging er noch einmal seine Hausaufgaben durch. Da schlug ihm plötzlich jemand von hinten auf die Schulter.

»Hey, Johnny. Bereit für den Fight?«

Johnny hustete kurz und drehte sich um. Hinter ihm stand Russell Moore, sein Freund seit der ersten Klasse, und grinste ihn vergnügt an. Russell war genauso groß wie Johnny, aber doppelt so breit. Er aß einfach für sein Leben gern, und auch jetzt schob er sich gerade den letzten Bissen eines Schokomuffins in den Mund.

»Was denn für ein Fight?«, fragte Johnny. Die Worte »Russell« und »Fight« passten einfach nicht zusammen.

»Ma, ner Geogamiteschts!«, nuschelte Russell mit vollem Mund.

Johnny deutete stumm auf den fetten Schokofleck auf Russells Stirn und sah sich schnell zu allen Seiten um. Manchmal war es echt peinlich, mit ihm befreundet zu sein.

»Der was?«

»Der Geografietest«, antwortete Russell und schluckte den letzten Bissen herunter. »Englische Grafschaften.«

Johnny starrte ihn entsetzt an. Das hatte ihm gerade noch gefehlt. Zum Glück saß er in der letzten Reihe, direkt neben einer Landkarte, die die Grafschaften Englands zeigte. Und da ihr Geografielehrer Mr Butler ziemlich verplant war, bestand die berechtigte Hoffnung, dass er die Karte einfach vergessen würde.

Johnny ließ sich lustlos auf seinen Platz plumpsen und legte seinen Kopf auf die Arme. Die letzte Nacht steckte ihm noch immer in den Knochen.

»Müde, Sinclair?«, höhnte da eine Stimme, auf die er gern verzichtet hätte. Barty Bell, ein kräftiger Junge mit roten Haaren und dem Aussehen eines Gorillas, sah ihn abschätzig an.

»Buuuuhuuhuuuu! Ich wette, er hat mal wieder irgendwelche Geister gesehen«, johlte Bartys Kumpel Alfie Foster.

Johnny sah kurz auf und ließ seinen Kopf wieder auf die Arme sinken.

Er konnte sich noch immer dafür in den Hintern beißen, dass er nach der ersten Geistererscheinung in der Schule davon erzählt hatte. Jetzt hielten ihn die meisten für einen seltsamen Freak, der Geister sehen konnte oder der sich wichtigmachen wollte. Und beides war irgendwie blöd.

Ihre Biolehrerin Mrs Underwood kam herein und legte ihr Herbarium vor sich auf den Tisch. Johnny setzte sich auf. Nicht weil ihn Pflanzenkunde besonders interessierte, aber man konnte im Unterricht wesentlich ungestörter dösen, wenn der Kopf dabei nicht auf den Armen lag.

Schläfrig ließ er seinen Blick durch die Klasse schweifen. Barty und Alfie tauschten *Star Wars*-Karten. Ruby und Alisha versuchten, einen Brief über Evelyn an Bernie Shoemaker weiterzugeben. Doch Evelyn zeigte ihnen einen Vogel und hing wie immer an Mrs Underwoods Lippen.

Dann fiel Johnnys Blick auf Millie Edwards. Sie war ein echter Grufti. Alles an ihr war schwarz – die Klamotten, die Haare, die Fingernägel. Ihren Eltern gehörte das *Hobgoblin*, der alte Pub am Ortsrand von Blacktooth. Sie hatten damit jede Menge Arbeit und daher kaum Zeit, sich um ihre Tochter zu kümmern.

Millie hatte ihren Kopf, genau wie Johnny, auf die Arme gelegt, doch im Gegensatz zu Johnny hatte sie nicht mitbekommen, dass Mrs Underwood in die Klasse gekommen war. Sie wachte erst auf, als die Lehrerin an ihrem Tisch stand. »Was ist los, Millie? Schläfst du?«, fragte Mrs Underwood mit spitzer Stimme.

Millies Kopf zuckte hoch, und jeder konnte die dunklen Ringe unter ihren Augen sehen.

»Entweder sie ist krank, oder sie treibt sich nachts zu lange auf Friedhöfen herum«, flüsterte Russell.

Johnny hatte keine Ahnung, wovon Russell redete, und es interessierte ihn auch nicht besonders. Ihm stand ein Geografietest bevor, auf den er nicht vorbereitet war, und das war nicht besonders witzig.

Wie recht er mit seiner Sorge hatte, zeigte sich in der nächsten Stunde. Der Test lief längst nicht so geschmeidig, wie Johnny es sich vorgestellt hatte. Dabei fing alles so gut an. Mr Butler schien die Karte tatsächlich vergessen zu haben. Er teilte die

Bögen aus, auf denen England mit einer Menge weißer Kuhflecken zu sehen war. Aufgabe war es, die leeren Kuhflecken mit den Namen der 39 Grafschaften zu beschriften.

Johnny jubelte innerlich, denn er hatte Augen wie ein Wanderfalke und saß nur einen knappen Meter von der Karte entfernt. Er wollte den Stift gerade auf das Papier senken, da meldete sich Evelyn mit ihrer süßesten Stimme zu Wort.

»Mr Butler! Mr Butler!«

»Ja, Evelyn?«

»Sie haben vergessen, die Landkarte abzuhängen.«

Johnny verspürte einen leichten Brechreiz.

»Uuups, danke, Evelyn«, antwortete Mr Butler und drehte die Karte kurzerhand um.

»Jaaa, danke, Evelyn!«, murmelte auch Johnny und versuchte, sie mit Laserblicken zu durchbohren.

Cécile hatte ihm erzählt, dass man sensible Menschen damit verrückt machen konnte. Aber entweder stellte Johnny sich ziemlich blöd an, oder Evelyn war ein extrem grober Klotz und gegen seine Laserblicke immun. Sie hatte ihre Federtasche zwischen sich und Millie Edwards gestellt, und ihr Stift kratzte eifrig über das Papier.

3. Kapitel

Eine Rutschpartie für Geister

Nach dem Unterricht wollte Johnny so schnell wie möglich nach Hause. Ihm gingen die Spukerscheinungen einfach nicht aus dem Kopf, und er hatte noch jede Menge zu erledigen, bevor es wieder Abend wurde.

Vor allem musste er dringend Kontakt zu Oberinspektor John Sinclair aufnehmen, um ihn wegen der Geister um Rat zu fragen. Denn auf eine weitere Nacht mit geöffneter Tür zum Jenseits konnte er gut verzichten!

Kaum hatte es geklingelt, sprang Johnny auf und stürmte aus der Klasse.

»Kann ich heute mit zu dir, Ritter und Drache spielen?«, rief Russell ihm aufgeregt hinterher.

Johnny verdrehte die Augen. Manchmal war Russell echt peinlich. Er war Engländer und genau wie Johnny erst zur Einschulung nach Blacktooth gezogen. Man konnte ihm hundertmal erklären, dass es auf schottischen Burgen keine englischen Ritter gab. Er wollte es einfach nicht begreifen.

»Keine Zeit!«, rief Johnny nur und lief weiter zur Bushaltestelle. Bei seinen Geisternachforschungen konnte er Russell heute echt nicht gebrauchen.

Johnny liebte es, mit dem alten Bus nach Hause zu fahren. Auch wenn der vor jedem Hügel erst einmal Anlauf nehmen musste. Sein Weg führte vorbei an niedrigen Steinmauern, violetten heidekrautbewachsenen Flächen, bis hinauf auf eine Anhöhe, von der aus man bei Sonnenschein die glitzernde Linie des Atlantiks sehen konnte.

Greyman Castle hatte keine eigene Haltestelle. Aber der Busfahrer hielt trotzdem jedes Mal an, um Johnny an der Abzweigung zur Burg aussteigen zu lassen.

Wie immer nahm er die Abkürzung durch den Wald. Der Weg war zwar bedeutend steiler, aber auch zehnmal kürzer, als wenn man die Serpentinen zur Burg hinauflaufen würde.

Johnny war gut im Training, und nachdem er das knorrige Kiefernwäldchen hinter sich gelassen hatte, ragte die Burg auch schon über ihm auf. Düster stand sie am Rand des Berges und wachte über das Tal, das ihr dort zu Füßen lag.

Johnny wollte gerade das letzte Stück Weg hinter sich bringen, als er ein Motorengeräusch hörte. Ein klappriger Geländewagen quälte sich den Berg hinauf. Am Steuer saß Mr Hopps. Der alte Mann kam alle paar Tage auf die Burg, um nach dem Rechten zu sehen. Er war Hausmeister, Gärtner und Fremdenführer in einer Person. Denn manchmal kamen tatsächlich Touristen nach Greyman Castle, um sich das alte Gemäuer anzuschauen.

»Ah, Johnny. Steig ein!«, rief Mr Hopps und öffnete die Beifahrertür.

Johnny grinste. Wenn das kein glücklicher Zufall war! Mr Hopps kannte sich mit den Geschichten auf Greyman Castle aus wir kein Zweiter. Vielleicht konnte er ihm weiterhelfen.

Schnell warf er seinen Rucksack in den Wagen und kletterte neben Mr Hopps auf den Sitz.

»Na, Lord Sinclair, was macht die Schule?«, lachte der alte Mann.

Johnny verzog das Gesicht. »Ach, mal so, mal so.«

»Streng dich an, sonst landest du irgendwann im Straßenbau«, neckte ihn Mr Hopps.

»Wäre mir auch recht«, gab Johnny zur Antwort. Er hatte

keine Ahnung, was er später einmal werden wollte. Außer ein berühmter Geisterjäger. Aber das konnte er einem Erwachsenen natürlich nicht sagen.

»Mr Hopps?«

»Hm?«

»Sie kennen sich mit der Geschichte der Burg doch ziemlich gut aus, oder?«

»Sehr schmeichelhaft, mein Junge. Aber ich glaube, in Geschichte sind andere besser als ich ...«

»Es geht nicht so sehr um Geschichte, eher um die Geschichten, die man sich von Greyman Castle erzählt.«

»So? Was erzählt man sich denn?«

Johnny überlegte kurz, ob er Mr Hopps in sein Geistergeheimnis einweihen sollte, entschied sich jedoch dagegen. Cécile hatte ihm eingeschärft, mit solchen Äußerungen vorsichtig zu sein.

»Man sagt, es würde auf Greyman Castle spuken.« Gespannt sah er Mr Hopps an.

»Wer sagt das?«, fragte der alte Mann belustigt.

»In der Schule wird darüber geredet«, blieb Johnny so vage wie möglich.

»In der Schule, soso.« Mr Hopps konzentrierte sich auf den schmalen Weg, der zur Burg hinaufführte. »Und was glaubst du?«

Johnny zuckte mit den Schultern. »Möglich wäre es, oder?«

Jetzt lachte Mr Hopps. »Da hast du natürlich recht. Und unter uns gesagt: Eine schottische Burg ohne Gespenster wäre keine echte schottische Burg.«

Johnny strahlte. »Kennen Sie ein paar von den Gespenstergeschichten?«

Mr Hopps steuerte den Geländewagen durch die dunkle Toreinfahrt und hielt an. »Wie alt bist du?«, wollte er wissen.

»Zwölf«, antwortete Johnny.

»Zwölf«, wiederholte Mr Hopps. »Und wie sieht es hier drinnen aus?« Er klopfte sich mit der Faust aufs Herz.

»Da ist alles in Ordnung. Ich habe keine Angst, wenn Sie das meinen«, versicherte Johnny. »Ich bin bereits mit zwei Jahren in einem Einbaum den Amazonas heruntergefahren und habe an Halloween in den Karpaten gezeltet!«

Mr Hopps war schwer beeindruckt. »Donnerwetter, so tollkühn bin ich nie gewesen.«

Johnny grinste. »Sehen Sie. Und ein haitianisches Kindermädchen, das gleichzeitig eine echte Mambo ist, hatten Sie wohl auch nicht, oder?«

Mr Hopps schüttelte den Kopf. »Du scheinst ein echter Teufelskerl zu sein!«

»Könnte man sagen«, grinste Johnny. »Ein paar Gespenstergeschichten werden mich ganz sicher nicht erschrecken.«

»Ein paar? Du bist gut.« Mr Hopps überlegte. »Ich werde dir eine erzählen ...« Er deutete auf das ehemalige Zeughaus der Burg und senkte die Stimme. »Dort drin soll der Geist von Tommy Drum spuken.«

»Tommy Drum?«, fragte Johnny und dachte sofort an den traurigen Trommler, dem er zum ersten Mal in der Nacht nach seinem zwölften Geburtstag begegnet war.

Mr Hopps nickte. »Er war Trommler in einem englischen Regiment und höchstens dreizehn Jahre alt, als er starb. Man hat ihn mehrfach auf der Burg gesehen. Abends, kurz nach elf Uhr schlägt er die Trommel. Man sagt, es sei seine Todesstunde gewesen.«

Johnny lief trotz Sonnenschein eine Gänsehaut über den Rücken. »Haben Sie ihn auch schon einmal gesehen?«

Mr Hopps schüttelte den Kopf. »Nein, aber es hat Tommy Drum wirklich gegeben. Er wird jedenfalls in der Chronik erwähnt. 1746 wurde er auf dem Schlachtfeld schwer verwundet. Warum man ihn hierher auf die Burg gebracht hat, ist nicht überliefert. Helfen konnte man ihm jedenfalls nicht. Er starb fern der Heimat, einsam und verlassen. Und wer weiß, vielleicht möchte er noch immer nach Hause, und sein Geist findet nur deshalb keine Ruhe.«

Johnny starrte Mr Hopps mit großen Augen an. Tommy Drum konnte einem echt leidtun.

»Es waren schlimme Zeiten damals«, bestätigte der alte Mann, als hätte er seine Gedanken gelesen.

»Und ... gibt es noch andere Geister auf der Burg?«

»Sicher. Geschichten gibt es viele. Aber ich würde meine Hand für ihre Echtheit nicht ins Feuer legen.« Mr Hopps stieg aus dem Wagen.

»Das mit der Echtheit ist mir egal!« Johnny stieg ebenfalls aus. »Ich möchte sie alle hören!«

»Das kann ich mir vorstellen. Aber Amazonas hin oder her, womöglich träumst du danach schlecht, und dann macht Cécile eine Voodoo-Puppe von mir und bearbeitet sie mit ihren langen, spitzen Nadeln.«

»Keine Angst. Ich werde ihr nichts davon erzählen«, versprach Johnny.

Doch Mr Hopps schüttelte den Kopf. »Nein, mein Junge. Für heute reicht's. Die nächste Geschichte erzähle ich dir, wenn du dreizehn bist. Jetzt muss ich das Waschbecken in der Küche reparieren. Sonst hat mir Mrs Adams das letzte Mal Gurkensandwiches in den Kühlschrank gestellt.« Er öffnete den Kofferraum und holte den Werkzeugkasten heraus.

Johnny sah ihn enttäuscht an. Aber so war das mit den Erwachsenen: Sie machten die Regeln.

Einen letzten Versuch wagte er trotzdem. »Ähm ... Mr Hopps, haben Sie zufällig schon mal etwas von einem tanzenden Kilt gehört?«

Mr Hopps marschierte mit großen Schritten über den Burghof. »Einem was?«

»Einem spukenden Schottenrock.«

Jetzt, wo Johnny es so sagte, klang es auch in seinen Ohren ziemlich lächerlich.

»Ein Kilt ohne Geist?«, fragte Mr Hopps irritiert.

Johnny spürte, wie er bis unter seinen dunklen Haarschopf rot wurde. Mr Hopps musste ihn für komplett verrückt halten.

»Nein, mein Junge, so etwas gibt es nicht. Ich glaube nicht, dass ein Rock spuken kann. Es sei denn, sein Träger ist unsichtbar.«

Johnny folgte dem Hausmeister bis zur Küche.

»Ich will Sie nicht nerven, Mr Hopps. Aber kennen Sie vielleicht ein gutes Rezept, wie man sich vor so einem Spuk schützen kann?«

Jetzt blieb Mr Hopps stehen und sah Johnny grinsend an. »Hat da etwa jemand Angst bekommen?«

»Nein!«, erwiderte Johnny empört. »Ich dachte nur, Sie wären so eine Art Experte, was Geister angeht.«

»Ein Experte bin ich ganz gewiss nicht«, lachte Mr Hopps. »Aber ... ich würde es mal mit Margarine probieren. Schön dick auf den Boden geschmiert. Dann kann dir nichts mehr passieren.«

»Margarine?«, staunte Johnny.

»Margarine, mein Junge. Darauf rutschen sie nämlich aus!«

4. Kapitel

Ouija-Brett und Kürbisrassel

Den restlichen Nachmittag verbrachte Johnny in der Bibliothek. Schließlich hatte Mr Hopps sein Wissen über Tommy Drum aus der Burgchronik. Und wer weiß, vielleicht stand da ja auch etwas über die anderen Geister drin. Und darüber, wie man sie wieder loswurde.

Johnny holte das schwere Buch aus der Vitrine und schlug es auf. Die Chronik von Greyman Castle war wunderschön. Ihre Seiten waren aus feinstem Pergament, und die Anfangsbuchstaben eines jeden Kapitels waren kunstvoll verziert. Das einzig Dumme daran war, dass man die Schrift nicht lesen konnte. Sosehr Johnny sich auch bemühte, er bekam es einfach nicht hin.

Zum Glück gab es noch genügend andere Bücher, die von der Geschichte der Burg erzählten. Es waren blutige Geschichten, voller Kampf und Stolz und Rache. Über die Geister, die sich hinter ihren Mauern versammelt hatten, stand in diesen Büchern allerdings nichts.

Als es anfing zu dämmern und das Licht so schlecht wurde, dass man sich die Augen verdarb, klappte Johnny die alten Schwarten zu und schob sie zurück ins Regal. Für heute kam er hier nicht weiter. Es wurde Zeit, die Mail an John Sinclair zu schreiben. Denn wenn ihm in Geisterfragen einer weiterhelfen konnte, dann der Oberinspektor von Scotland Yard.

Schnell lief er die breite Treppe zur Eingangshalle hinunter und eilte mit langen Schritten über den Hof. Ganz gleich, ob man telefonieren oder ins Internet wollte, die Netzverbindung hinter den dicken Mauern der Burg war unterirdisch. Deshalb hatten seine Eltern ihr Büro in der Spitze des Mäuseturms eingerichtet. Ein alter Wehrturm, gleich neben der Einfahrt.

Im Vorbeigehen warf Johnny einen kurzen Blick Richtung Zeughaus. Ob Tommy Drum hier wirklich umging? Er seufzte. Es gab so viele Fragen und nicht eine einzige wirkliche Antwort.

Neben dem Turm parkten ein paar Autos. Sie gehörten Céciles Kunden. Die meisten kamen aus Blacktooth, aber es waren auch einige aus Inverness und St. Andrews dabei. Sie alle wollten die Mambo um Rat fragen oder Kontakt zu Verstorbenen aufnehmen. Johnny war schon ein paarmal bei einer Séance dabei gewesen. Immer im Geheimen und manchmal auch als Assistent.

Ein Pfiff ertönte, und Cécile winkte ihn aus dem Fenster ihres Sprechzimmers zu sich heran.

»Och nee!« Johnny wusste, was das bedeutete. Trotzdem machte er kehrt und kam über den Hof zurück.

»Ich brauche deine Unterstützung!«, flüsterte Cécile verschwörerisch.

Damit hatte Johnny gerechnet.

»Die Cartwright-Schwestern werden jeden Moment hier sein. Soweit ich weiß, geht es um viel Geld. Und da möchte ich nichts dem Zufall überlassen.«

»Lass mich raten. Du brauchst mal wieder einen unsichtbaren Assistenten, oder?« Johnny sah Cécile verdrossen an.

»Es dauert auch nicht lange!«, versprach sein Kindermädchen und reichte ihm einen Hocker, damit er bequem zu ihr ins Sprechzimmer klettern konnte.

Der Voodoo-Raum, wie Johnny dieses Zimmer nannte, war vollgestopft mit den seltsamsten Dingen. Es gab Voodoo-Püppchen, die an bunten Bändern von der Decke baumelten. Hühnerkrallen und Hasenpfoten, die Cécile als Amulette verkaufte, und jede Menge Töpfe und Tiegel, von denen Johnny gar nicht wissen wollte, was sie enthielten.

In der Mitte des Raums stand ein runder Tisch, auf dem Cécile ein Ouija-Brett bereitgestellt hatte. Auf dem Brett waren das Alphabet, Zahlen, die Worte *Ja* und *Nein* sowie *Ende*, *Danke* und *Ich gehe* abgebildet. Es sollte ihr helfen, den Kontakt zu den Geistwesen herzustellen.

Kaum hatte Johnny den Raum betreten, zog Cécile die schweren, dunklen Vorhänge vor die Fenster und zündete fünf schwarze Kerzen an. Dann schlang sie sich ein goldenes Tuch um den Kopf und bugsierte Johnny hinter einen Paravent, nahe dem Fenster.

In diesem Moment klopfte es auch schon an der Tür.

»Sie sind da!«, flüsterte Cécile. »Du weißt Bescheid! Wenn ich sage: ›Es kommt jemand!‹, öffnest du das Fenster.«

Johnny nickte. »So wie immer.«

Es klopfte erneut. »Und vergiss nicht, das Fenster wieder zu schließen«, wisperte Cécile und eilte zur Tür. »Ach ja ... und denk an die Kürbisrassel. Aber nur wenn es passt!« Sie öffnete die Tür.

»Treten Sie ein, meine Lieben!«, begrüßte sie die beiden Schwestern überschwänglich.

Johnny lugte durch einen Spalt in der Stellwand ins Zimmer. Die Cartwright-Schwestern waren ganz in Schwarz gekleidet.

Die eine war dünn, die andere ziemlich dick. Und beide machten ein Gesicht, als hätten sie gerade in eine Zitrone gebissen.

»Setzen Sie sich!« Cécile deutete auf die Stühle am runden Tisch.

Die Schwestern sahen sich misstrauisch um, und die Dünnere von beiden schnüffelte. »Was riecht denn hier so komisch?«

»Das ist der Rauch des Geisterbaums«, erklärte Cécile. »Die Seelen Verstorbener lieben diesen Duft, er zieht sie magisch an.«

Die Schwestern nahmen Platz.

»Was kann ich für Sie tun?« Cécile setzte sich ebenfalls.

»Wir haben es Ihnen ja bereits am Telefon erzählt. Unsere Schwester ist vor zwei Monaten unerwartet von uns gegangen«, sagte die Dickere der beiden.

»Und mit ihr das gesamte Geld!«, fiel ihr die andere ins Wort. »Alles futsch! Weg!«

»Na ja, und da dachten wir, wir fragen mal bei ihr nach, was sie mit dem ganzen Zaster angestellt hat«, meinte nun wieder die erste Schwester. »Irgendwo muss das Geld schließlich sein!«

»Verstehe!«, murmelte Cécile. »Ich will sehen, was ich für Sie tun kann. Wie heißt Ihre Schwester?«

»Eutilia«, antworteten die beiden wie aus einem Mund.

Cécile schaltete die Musik ein, und Trommelklänge erfüllten den ganzen Raum.

»Ich werde mich jetzt in Trance begeben«, verkündete sie. »Legen Sie Ihre Hände auf das Ouija-Brett! Ganz gleich, was passiert, die Hände bleiben, wo sie sind. Wenn Sie sie zurückziehen, ist die Séance unterbrochen.« Cécile lehnte sich in ihrem Stuhl zurück.

Die Schwestern legten ihre Hände auf das Brett und warteten. Eine Weile passierte nichts. Nur die Klänge der Trommeln wurden schneller, dunkler und drängender. Da kam ein Stöhnen über Céciles Lippen. Sie rollte mit den Augen, und ihr Kopf zuckte hin und her.

»Ich spüre etwas«, murmelte sie.

Die Schwestern sahen sie nervös an.

»Aaaaah! Der Vorhang zwischen dem Diesseits und dem Jenseits wurde zerrissen. Es kommt jemand!« Céciles Stimme wurde laut, und Johnny öffnete das Fenster. Ein kühler Lufthauch strich durch den Raum und bewegte die Flammen der Kerzen.

Die Schwestern stöhnten auf.

»Ist ein Geist anwesend?«, fragte Cécile mit klarer Stimme.

Der Zeiger des Ouija-Bretts rutschte auf *Ja*.

»Nenne uns deinen Namen«, bat Cécile.

Der Zeiger rutschte über das Alphabet, und Cécile stutzte.

»Moment, wie sagten Sie, würde Ihre Schwester heißen?«

»Eutilia.« Die beiden Frauen starrten gebannt auf das Hexenbrett.

»Der anwesende Geist nennt sich Tilda«, wunderte sich Cécile.

»Ha! Das macht sie immer!«, empörte sich eine der Schwestern. »Sie kann ihren Namen nicht ausstehen. Sie meint, er macht sie alt. Als ob sie nicht tatsächlich alt wäre!«

Johnny fand es an der Zeit für die Kürbisrassel. Vorsichtig zog er an dem Nylonfaden, der an der Rassel befestigt war, und wie von Geisterhand fiel sie klappernd zu Boden. Erschrocken schrien die Schwestern auf.

Cécile ließ sich davon nicht aus dem Konzept bringen. »Ich grüße dich, Tilda, und heiße dich in unserem Kreis willkommen!«, sagte sie mit samtweicher Stimme. »Deine Schwestern möchten dir jetzt eine Frage stellen.« Sie nickte den beiden zu. »Fragen Sie bitte!«

Das ließen sich die Frauen nicht zweimal sagen. Sofort gingen sie auf den Geist ihrer Schwester los. »Wo ist das Geld? Was hast du damit gemacht?«, riefen sie wild durcheinander. »Hast du es versteckt? Raus mit der Sprache! Du kannst es sowieso nicht mehr gebrauchen! Gieriges Stück!«

Cécile hob erschrocken die Hände, und der Zeiger auf dem Ouija-Brett wanderte zielstrebig auf die Worte *Ich gehe*.

Johnny schloss das Fenster, und die Luftbewegung im Raum ließ die Kerzen erneut flackern.

»Was hat sie gesagt?«, fragte die Dünnere.

»Nichts. Sie ist weg«, antwortete Cécile.

Die Schwestern sahen sich an. »Sie ist weg? Einfach so?«

Cécile nickte.

»Du hättest sie nicht gleich so anblaffen sollen!«, meckerte die eine.

»Iiiich? Wer hat sie denn gieriges Stück genannt?«, zeterte die andere.

Cécile zog die Vorhänge auf, und die Schwestern erhoben sich von ihren Stühlen.

»Tut mir leid, dass es nicht besser gelaufen ist«, sagte Cécile. »Macht 50 Pfund.«

»Zahl du!«

»Nein, du!«

Missmutig kramte die Dickere der beiden in ihrer Geldbörse und drückte Cécile einen Schein in die Hand. Dann nickten sie ihr griesgrämig zu und verließen den Raum.

Sofort kam Johnny hinter dem Paravent hervor. »Dumm gelaufen für die beiden, oder?«

Cécile nickte. »Wenn ich der Geist ihrer Schwester gewesen wäre, hätte ich mich auch auf der Stelle verkrümelt.«

Johnny grinste. »Und, was sagst du zu meiner Vorstellung?«

»Perfekt!« Cécile hielt ihre Hand in die Höhe, damit Johnny sie abklatschen konnte.

»Hast du das Orakel schon befragt?«, wollte er dann wissen.

Cécile verzog das Gesicht. »Hab ich ... aber es war ... wie soll ich sagen? Es war heute nicht in der Stimmung.« Sie deutete auf einen Spiegel aus schwarzem Onyx. »Ich habe jedenfalls nichts Vernünftiges aus ihm herausbekommen.«

»Was hat es denn gesagt?«

»Es hat gemäkelt, weiter nichts. In der Hauptsache hat es sich darüber beklagt, dass ich ihm schon wieder eine Frage stelle.« Sie sah Johnny bedauernd an. »Vielleicht erfahre ich morgen mehr.«

»Ist schon in Ordnung!« Johnny versuchte, sich seine Enttäuschung nicht anmerken zu lassen. »Ich geh dann mal!«

»Tu das«, erwiderte Cécile. »Und noch mal vielen Dank für deine Hilfe.«

Johnny verließ den Raum auf demselben Weg, auf dem er gekommen war: durch das Fenster.

Jetzt wurde es wirklich höchste Zeit für die Mail an John Sinclair. Denn wenn er sich nicht beeilte, machte der Oberinspektor womöglich Feierabend.

Johnny trabte über den Hof zum Mäuseturm und öffnete die schwere Tür aus Eichenholz. Im Dunkeln tastete er nach dem Lichtschalter, und gleich darauf wurde es hell. So schnell er konnte, lief er die steinerne Wendeltreppe hinauf und dankte jeder einzelnen Glühlampe, die seinen Weg nach oben beleuchtete.

Er hatte erst knapp die Hälfte des Wegs geschafft, als es plötzlich *puff* machte und er im Dunkeln stand. Erschrocken griff Johnny nach dem Halteseil zu seiner Linken und setzte tapfer seinen Weg fort. *Puff!* Auch die nächste Lampe zerplatzte. Jetzt wusste er, dass das kein Zufall war.

»Hör auf! Ich befehle es dir!«, rief er in die Dunkelheit hinein. Und seine Stimme bebte nur ein ganz kleines bisschen.

Puff! Schon war die nächste Lampe hin. Obwohl er kaum etwas sehen konnte, stürmte Johnny weiter die Treppe hinauf. Da streifte ihn plötzlich der Duft von Veilchen, und im nächsten Moment war der Spuk vorbei. Erleichtert schlüpfte er in das Arbeitszimmer seiner Eltern und zog die Tür ganz fest hinter sich zu. Dann ließ er sich auf den Stuhl vor dem Computer fallen und fuhr den Rechner hoch. Ungeduldig öffnete er das E-Mail-Programm. Und kratzte sich am Kopf. Wie bat man einen berühmten Geisterjäger um Hilfe, ohne kindisch zu wirken?

Sehr geehrter Oberinspektor Sinclair, tippte Johnny und machte eine Pause. Die Mail durfte auf keinen Fall nach plärrendem Baby klingen. Sie musste klingen wie von Mann zu Mann. Auf Augenhöhe. So, als würde Johnny ihn um einen Rat unter Kollegen bitten.

Er tippte weiter. *Ich bin nicht sicher, ob Sie schon von mir gehört haben.* (Was für eine dicke, fette Lüge!) *Wir sind Namensvettern, und ich beschäftige mich, genau wie Sie, mit paranormalen Phänomenen. Um ehrlich zu sein, bleibt mir auch nichts anderes übrig, denn ich wohne auf einer Burg, auf der es von Geistern nur so wimmelt. Einer hat gerade sämtliche Glühbirnen gesprengt. Haben Sie vielleicht eine Idee, wie ich die Typen loswerde? Selbstverständlich werde ich mich bei Gelegenheit revanchieren.*

Johnny las sich die Mail noch einmal durch und war zufrieden. Es klang tadellos. Er setzte seinen Gruß darunter. *Hochachtungsvoll, Ihr Namensvetter Johnny Sinclair.*

Dann fiel ihm noch etwas ein.

PS: Ich verfüge leider nicht über so mächtige Artefakte wie den Stab des Buddha oder die Dämonenpeitsche. Aber ich bin technisch begabt und könnte einen Staubsauger in einen EMF-Detektor umbauen. Wenn ich eine Anleitung dafür hätte.*

Er drückte auf *Senden* und ging ans Fenster. Normalerweise hatte man von hier oben einen fantastischen Blick über das Land. Heute lohnte es nicht. Die Sonne war wieder verschwunden, und dunkle Wolken hingen zwischen den Zinnen der Burg. So, als wären sie Vorboten für das, was noch kommen sollte.

*EMF = Elektromagnetisches Feld. Ein starkes EMF ist ein sicherer Hinweis auf paranormale Aktivitäten, also auf Gespenster.

5. Kapitel

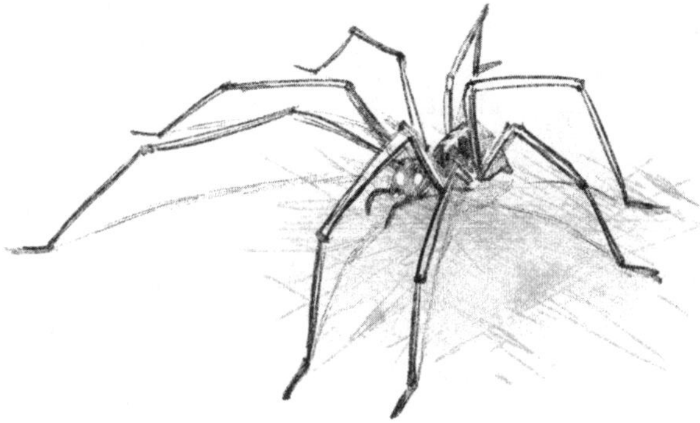

Das Churchmoor

Am nächsten Tag schlief Millie Edwards in der Schule wieder ein. Sie wachte auch nicht auf, als Barty Bell ihr eine fette schwarze Spinne ins Haar setzte. Ihr Kopf lag einfach auf dem Tisch, und Sabber lief ihr aus dem offenen Mund.

»In dem Filz würden sich auch noch ein paar andere Tiere wohlfühlen«, feixte Evelyn. »Ohrenkneifer zum Beispiel. Oder Mäuse.«

Alfie öffnete das Fenster, kratzte ein prächtiges Spinnennetz von der Fensterbank, in dem die vertrockneten Körper zweier Fliegen hingen, und legte es Millie sorgfältig auf den Kopf.

»Iiiih!«, johlte die halbe Klasse und grinste schadenfroh. Beflügelt von dem tollen Erfolg zog Barty eine kleine Dose aus seiner Hosentasche, in der sich ein paar Tausendfüßler und Regenwürmer kringelten.

Millie schmatzte im Schlaf, und Barty sah sie nachdenklich an. »Ich glaube, sie hat Hunger«, sagte er und fischte einen flinken Tausendfüßler aus der Dose.

Evelyn kicherte aufgeregt. »Warte mal«, flüsterte sie und holte Millies Brotdose aus ihrem Rucksack. »Wir können ihr doch auch ein paar Leckerbissen aufs Brot legen.« Sie klappte die Brotscheiben auseinander.

»Du bist echt fies!« Barty sah Evelyn bewundernd an. Er setzte den Tausendfüßler zurück in die Dose und fischte nach einem besonders fetten Regenwurm.

»Sehr lustig!«, kommentierte Johnny, und bevor er überhaupt darüber nachgedacht hatte, stand er auch schon zwischen Barty und Millie. Er wusste nicht, was ihn mehr aufregte: Evelyns dämliches Gekicher oder das Schicksal, das den armen Regenwurm zwischen den Brotscheiben erwartete. Mit einer schnellen Bewegung schnappte er Barty den Wurm aus der Hand und warf ihn aus dem Fenster.

»Ooooh, du hast so ein gutes Herz!«, spottete Barty.

»Er wollte doch bloß die arme Millie retten!«, stichelte Evelyn.

»Sinclair ist in Edwards verliebt!«, prustete Alfie.

Johnny versuchte, sich nichts anmerken zu lassen, aber er spürte, wie er rot wurde. Und das war ziemlich unangenehm.

Barty sah Johnny an und grinste. »Logisch. Der Geisterdompteur ist in die Grottenulmin verliebt!«

»Hä?« Millie war aufgewacht und blickte verwirrt um sich.

»Sinclair hat versucht dich zu küssen. Ich konnte ihn gerade noch davon abhalten!«, säuselte Barty. Die anderen prusteten vor Lachen.

Millie starrte böse in die Runde, und Johnny verzog sich mit rotem Kopf auf seinen Platz.

»Voll peinlich, Alter!«, raunte Russell, der neben Johnny saß.

Da ertönte ein Schrei. »Iiiih! Auf deinem Kopf hat sich was bewegt!« Evelyn sah begeistert in die Runde.

»Was?!« Millie sprang auf und betastete ihr Haar. »Iiiih!«, kreischte sie, als sie die Spinne fühlte.

»Was ist denn hier los?« Mr Butler kam in die Klasse.

»Millie hat Ungeziefer auf dem Kopf!«, antwortete Evelyn lieblich. »Voll eklig!«

»Zeig mal her!« Der Lehrer warf einen kurzen Blick auf Millies Kopf und packte dann blitzschnell zu. »Sieh mal einer an. Eine Tegenaria, auch große Winkelspinne genannt. Und ein besonders schönes Exemplar noch dazu. Auf deinem Kopf hat sie allerdings nichts zu suchen.« Mit diesen Worten warf er die Spinne aus dem Fenster.

»Das kommt davon, wenn man zu lange in dunklen Ecken und auf Friedhöfen herumsteht«, sagte Barty. Und alle lachten. Millie starrte wütend von einem zum anderen.

Den Rest der Stunde warf Johnny immer wieder einen Blick auf Millie. Doch die benahm sich völlig normal und beteiligte sich sogar am Unterricht.

In der Pause setzte er sich vors Schulbüro – den einzigen Ort mit WLAN-Empfang – und checkte kurz seine E-Mails. Ha, tatsächlich! Scotland Yard hatte geantwortet. Auf die Beamten war eben Verlass!

Schnell überflog Johnny den Inhalt der Mail.

»So ein Mist!«, murmelte er dann. Scotland Yard teilte ihm knapp mit, dass ihnen ein Oberinspektor Sinclair gänzlich unbekannt wäre. Und was die Geistererscheinungen betraf, empfahl man ihm ernsthaft, sich an seine Eltern oder die nächste Polizeistation zu wenden.

»So ein Mist!«, fluchte Johnny noch einmal.

War ja klar, John Sinclair arbeitete natürlich inkognito. Wer konnte ihm das verdenken? Es war logisch, dass Scotland Yard seinen besten Beamten schützen musste. Trotzdem passte ihm diese Antwort nicht in den Kram.

Nach der Schule trabten Johnny und Russell nebeneinander her zum Bus. »Hast du Lust, heute mit zu mir zu kommen?«, fragte Johnny.

Das Wetter hatte sich seit gestern Nachmittag nicht geändert, und der Atlantik schaufelte haufenweise dunkle Wolken über das Land. An solchen Tagen war es besonders düster hinter den dicken Mauern von Greyman Castle, und Johnny hatte irgendwie keine Lust, allein zu sein.

»Geisterwetter, Sinclair!«, zischelte Barty im Vorbeigehen.

Russell schüttelte den Kopf. »Keine Zeit. Ich muss heute Nachmittag zum Kieferorthopäden«, nuschelte er und schob sich das letzte Stück Schokoriegel in den Mund. »Hast du mal ein Taschentuch?« Er hielt Johnny seine Schokoladenfinger unter die Nase.

Johnny kramte in seiner Hosentasche und gab Russell ein fast unbenutztes Tuch.

»Danke.« Sein Freund wischte sich damit Finger und Mund sauber. »Wir sehen uns morgen!« Mit diesen Worten ließ er Johnny an der Haltestelle stehen und marschierte davon.

Johnny nahm den Bus Richtung Inverness und sah aus dem Fenster. Je weiter sie sich von Blacktooth entfernten, desto schlechter wurde das Wetter. Nebel, dicht wie Mottengespinst, hatte sich zwischen den Hügeln eingenistet, sodass der Bus nur noch im Schritttempo vorankam. Die Gefahr, von der Straße abzukommen und einen Hang hinunterzurollen, war einfach zu groß.

»Man könnte meinen, es sei nicht Nachmittag, sondern später Abend«, murrte eine dicke Frau, die eine Sitzreihe vor Johnny saß. Und sie hatte recht. Die Scheinwerfer des Busses bohrten sich wie dünne Finger durch die grauen Schwaden.

»Bist du sicher, dass du hier aussteigen willst?«, fragte der Busfahrer, als Johnny zu ihm nach vorne kam.

Der junge Schotte nickte. »Kein Problem. Ich finde den Weg bei jedem Wetter.«

Draußen schlug er fröstelnd den Kragen seiner Jacke hoch. Das Wetter im Hochland wechselte schnell, doch gerade jetzt zeigte es sich von seiner ungemütlichsten Seite. Die Sichtweite betrug keine zehn Meter, und der Nebel hatte die Rücklichter des Busses längst verschluckt.

Obwohl Johnny die Gegend kannte wie seine Westentasche, musste er höllisch aufpassen, um nicht vom Weg abzukommen. Er verzichtete darauf, die Abkürzung zu nehmen, und blieb auf der befestigten Straße, die sich in Serpentinen zur Burg hinaufschraubte.

Es war seltsam, im Nebel zu wandern. So als wäre man der einzige Mensch auf der Welt. Alles um ihn herum war totenstill.

Johnny war noch nicht besonders weit gekommen, als er auf einmal das Gefühl hatte, nicht mehr allein zu sein. Was natürlich Quatsch war, denn wer außer einem armen Schüler sollte bei diesem Wetter unterwegs sein?

Entschlossen setzte er seinen Weg fort. Plötzlich hörte er ganz in der Nähe ein leises Geräusch. Johnny spürte, wie sich seine Nackenhaare sträubten. Mrs Adams' alte Wolfsgeschichte fiel ihm wieder ein.

»Unsinn«, murmelte er und ging schneller. Seine Sinne waren zum Zerreißen gespannt. Da hörte er das Geräusch erneut. Es klang, als würde jemand direkt neben ihm gehen. Johnnys Herz klopfte ihm bis zum Hals. Was, wenn sich der irre Wolfstyp noch immer hier herumtrieb? Trotz des Nebels fing er an zu laufen. Zuerst langsam, dann immer schneller. Die Schritte neben ihm beschleunigten ebenfalls. So schnell Johnny auch lief, er konnte sie einfach nicht abschütteln. Es schien, als würde es ihnen Spaß machen, ihn zu jagen. *Was tun, was tun, was tun*, hämmerten die Gedanken im Takt seiner Schritte.

Und dann blieb Johnny ganz plötzlich stehen. Etwas Großes, Dunkles hatte sich vor ihm aufgebaut und lauerte im Nebel. Seine Gedanken rasten. Schritt für Schritt entfernte er sich rückwärts von dem, was dort auf ihn wartete. Verzweifelt sah er sich um. Das, was immer dort stand, hatte es auf ihn abgesehen und versperrte ihm den einzigen Weg.

Im nächsten Moment schoss es auch schon auf ihn zu. Augen leuchteten, Geifer spritzte, und zwei riesige Kiefer schnappten ins Leere. Aus reinem Reflex warf sich Johnny zur Seite. Und das Monster verfehlte ihn nur um Haaresbreite. Er verlor das Gleichgewicht und rollte kopfüber die Böschung hinunter. Das weiche Heidekraut dämpfte seinen Sturz, und ein Ginsterbusch fing ihn mit stacheligen Zweigen auf.

Johnny wusste genau, wo er war. Das Churchmoor war weit über die Grenzen von Blacktooth bekannt. Seine Eltern hatten ihm zwar verboten, hier zu spielen, aber er war des Öfteren mit Cécile hier gewesen, wenn sie auf der Suche nach Schlangenhaut für einen ihrer Zauber war. Wanderern wurde das Moor mit seinen tückischen Wasserlöchern immer wieder zum Verhängnis. Die freiwillige Feuerwehr von Blacktooth musste mehrmals im Jahr ausrücken, um sie aus dem schmatzenden Morast zu ziehen. Wie viele von ihnen bereits lautlos darin versunken waren, bloß weil der Akku ihres Handys leer war, wusste niemand.

Johnny rappelte sich auf und sah sich um. Obwohl der Nebel noch immer dicht war, war es keine gute Idee, hier liegen zu bleiben. Zumal von der Straße ein unheimliches Heulen ertönte und zwei glühende Lichter mit großen Sprüngen den Hang herunterkamen.

Johnny überlegte nicht länger. Er sprang auf und sprintete los. Vor ihm lag ein kleines Waldstück, in dem er sich verstecken konnte. Bei jedem Schritt gab der Boden nach, und braunes Wasser quoll unter seinen Sneakers hervor. Er hoffte, nicht zu stolpern, und wagte nicht, sich umzusehen. Dann hatte der Wald ihn verschluckt. Hier war der Nebel weniger dicht, und es gab Bäume, auf die man klettern konnte. Ängstlich schaute er zurück. Die glühenden Lichter hatten den Wald bereits erreicht. Johnny setzte alles auf eine Karte. Direkt vor ihm lag eine winzige grüne Insel, auf der drei Birken wuchsen. Dorthin wollte er sich flüchten. Es wimmelte hier nur so von Moorlöchern. Und mit etwas Glück würde das Biest in einem von ihnen versinken.

Vorsichtig setzte Johnny seinen Fuß auf ein Grasbüschel, das wie der grüne Schopf eines Kobolds aus dem Sumpf herausschaute. Es schien ihn zu tragen. Wie ein Seiltänzer balancierte er zu der Insel und sprang mit Anlauf an den unteren Ast einer Birke.

Leider war der nicht halb so stabil, wie er aussah, und brach krachend unter seinem Gewicht zusammen. Hilflos wie ein Maikäfer lag Johnny auf dem Rücken und starrte mit aufgerissenen Augen auf das Untier, das in großen Sprüngen über das Wasser auf ihn zukam.

»Bitte nicht!«, wimmerte er leise.

Das Ding sah aus wie eine Mischung aus schlecht gelauntem Bär und angriffslustigem Wildschwein. Hastig kroch Johnny hinter den Stamm der Birke und ließ das Tier nicht aus den Augen. Jetzt hatte es die Insel erreicht und hielt witternd die Nase in die Luft. Johnny zitterte wie Espenlaub. Sollte das wirklich schon sein Ende sein? Er sah bereits die Schlagzeilen vor sich: *Junge vom Churchmoor verschluckt. Alles, was von ihm übrig blieb, sind seine Schulbücher und ein paar Knochen*. Und dann hörte er Barty Bells widerliche Stimme: »Ich wette, der Weichkeks ist vor seinen eigenen Geistern abgehauen!«

Schon seltsam, was für letzte Gedanken einem so durch den Kopf gehen. Dann hatte Johnny keine Zeit mehr für letzte Gedanken, denn das Tier war keine zwölf Schritte von ihm entfernt.

»Schließ die Augen, dann kann er dich nicht finden!«, zischte da eine Stimme.

Erschrocken sah Johnny sich um und schloss im selben Moment die Augen.

Es wurden die längsten Minuten seines Lebens. Er fühlte, wie das Biest näher kam. Er hörte es schnüffeln und konnte es riechen. Aber er hielt die Augen geschlossen.

Irgendwann gab das Tier die Suche nach ihm auf. Johnny wartete noch eine kleine Ewigkeit, dann öffnete er vorsichtig ein Auge. Das Monstrum war fort, und er war noch am Leben. Erleichtert kroch er hinter dem Stamm der Birke hervor. Er wartete, er lauschte, aber alles war ruhig. Die Gefahr war vorbei. Blieb bloß die Frage, wem er seine Rettung zu verdanken hatte.

6. Kapitel

Ein sensationeller Fund

Ein leichter Wind war aufgekommen und trieb die Nebelschwaden auseinander. Hier und da blitzten sogar ein paar Sonnenstrahlen durch die Zweige, bevor sie wieder hinter dunklen Wolken verschwanden.

Johnny stand noch immer neben dem Stamm der Birke, hinter der er sich versteckt hatte, und sah sich aufmerksam um. Irgendjemand hatte ihm gerade das Leben gerettet. Doch weit und breit war niemand zu sehen. Da fiel sein Blick auf ein seltsames

Etwas. Es lag direkt vor ihm, im schwarzen Wasser des Moores. Zuerst dachte er, es wäre die Hälfte eines kaputten Fußballs. Doch dafür war es nicht groß genug. Das, was vor ihm lag, hatte eher die Größe einer Kokosnuss.

Johnny kam aus seinem Versteck und trat vorsichtig an den Rand des Moorlochs.

»Wow!«, entfuhr es ihm. Denn die Kokosnuss war bemalt. Trotz der dunklen Färbung konnte man deutlich verschiedene Muster und Zeichen darauf erkennen. Johnny schnappte sich einen abgebrochenen Ast und zog das seltsame Ding zu sich heran. Ein Totenschädel grinste ihn aus leeren Augenhöhlen an.

Blubb, machte es, und der Schädel drohte wieder im Moor zu versinken. Blitzschnell packte Johnny zu und warf das Ding neben sich ins Gras. Beeindruckt pfiff er durch die Zähne. Wenn ihn nicht alles täuschte, hatte er gerade einen archäologischen Fund gemacht.

»Späte Bronzezeit, würde ich sagen«, murmelte er.

Einen winzigen Augenblick überlegte Johnny, ob er seinen Fund melden sollte. Doch schnell verwarf er den Gedanken wieder. Von seinen Eltern wusste er, was für ein Rummel jedes Mal losbrach, wenn solche Dinge entdeckt wurden. Archäologen würden sich der Sache annehmen und nicht eher ruhen, bis sie das ganze Moor umgegraben hätten. Zu guter Letzt würde sich der Schädel im Heimatmuseum von Blacktooth zu einem Dutzend ähnlicher Funde gesellen.

Johnny beschloss, das Prachtstück für sich zu behalten. Vielleicht konnte er Russell damit erschrecken, wenn er das nächste Mal zu Besuch kam. Außerdem wäre es cool, so einen Schädel im Regal stehen zu haben.

Er wickelte den Fund in seine Jacke und stopfte beides in den Rucksack. Aufmerksam sah er sich um und lauschte, bevor er die Insel wieder verließ. Alles war ruhig. Das Monstertier war nirgends zu sehen. Vorsichtig tastete sich Johnny zurück durch das Moor und stand wenig später auf der Straße nach Inverness. Er beschloss, auch Cécile nichts von seinem Fund zu erzählen. Womöglich verlangte sie, dass er ihn herausrückte, um ihn dann selbst für irgendeinen Zauber zu benutzen.

Johnny flog beinahe nach Hause, so sehr freute er sich darauf, seinen Schatz ganz genau unter die Lupe zu nehmen. Er wollte gerade die große Treppe hinauf in sein Zimmer sprinten, als ihm Cécile entgegenkam. Sie war wie immer bunt gekleidet und hielt eine mit Fell bespannte Trommel in den Händen.

»Wo um Himmels willen hast du gesteckt?«, polterte sie statt einer Begrüßung. Das tat sie immer, wenn sie sich Sorgen machte.

»Ich habe mir Sorgen gemacht. Die Milchsuppe da draußen ist fürchterlich. Manchmal frage ich mich, ob Schottland auch etwas anderes als Nebel produzieren kann. In Haiti nennen wir Nebel den Atem der Butas. Die Biester können sich zu Dutzenden darin verstecken, ohne dass irgendjemand sie bemerkt.«

»Dann habe ich vermutlich gerade so einen Buta getroffen«, sagte Johnny.

Cécile sah ihn streng an. »Keine faulen Ausreden. Ich glaube nicht, dass du einem Buta begegnet bist. «

»Woher willst du das wissen?«

»Ganz einfach. Du wärst sonst nicht hier«, sagte sie.

»Wenn Butas schwarz sind und aussehen wie eine Mischung aus Bär und Wildschwein, bin ich sehr wohl einem begegnet«, beharrte Johnny. »Das Ding hat mich einmal quer durchs Churchmoor gejagt.«

Cécile zog die Augenbrauen zusammen. »Butas sind blau. Und du hast eine blühende Fantasie.« Sie sah auf die Uhr. »Ich habe noch ein paar Dinge zu erledigen, bevor die Fragenden hier sind. Wir sehen uns später.« Dann drehte sie sich noch einmal um. »Über das Churchmoor reden wir heute Abend!«

Johnny nickte und lief hinauf in sein Zimmer. Er war froh, Cécile so schnell losgeworden zu sein. Vorsichtig nahm er seinen Schatz aus dem Rucksack und legte ihn vor sich aufs Bett. Er lächelte zufrieden. Der Schädel war einfach perfekt. Sogar der Unterkiefer war noch erhalten, und den verloren sie meistens als Erstes. Außerdem war er über und über mit magischen Symbolen bemalt. Vielleicht sogar tätowiert. Genau ließ sich das nicht sagen, denn dafür war der Schädel einfach zu schmutzig.

»Ab in die Wanne mit dir«, murmelte Johnny und trug seinen Fund ins Bad.

Auf dem Flur vor seiner Tür herrschte ausnahmsweise einmal Ruhe. Die Geister von Greyman Castle hatten offenbar gerade was anderes zu tun.

Johnny ließ warmes Wasser in die Wanne laufen und gab reichlich Badeschaum dazu. Vorsichtig tunkte er den Schädel ein und fing an, ihn mit einer Nagelbürste zu bearbeiten. Da flutschte ihm der Schädel aus der Hand.

»He, halt still!«, murrte Johnny und bohrte seine Finger in die leeren Augenhöhlen.

Es war faszinierend. Die magischen Symbole wirkten geradezu lebendig. Sie hatten ihre geheimnisvolle Ausstrahlung über all die Jahre nicht verloren. Johnny beschloss, ihn nun doch seinen Eltern zu zeigen, vielleicht konnten sie das Geheimnis des tätowierten Schädels lüften.

Behutsam wollte er seinen Fund aus der Badewanne nehmen, da schlüpfte er ihm ein zweites Mal aus den Händen.

»Aaaaaah«, brummte der Schädel, und seine Kiefer klapperten genüsslich.

»Ääääääääh!«, schrie Johnny und machte einen Satz rückwärts. »Was zum Teufel?!«

Er konnte es kaum glauben: Der Schädel hatte gesprochen oder zumindest irgendwie gegrunzt!

»Das tut gut. Ist schon eine Weile her, seit ich mir das letzte Mal die Ohren gewaschen habe.«

Mit offenem Mund und großen Augen starrte Johnny auf

den Schädel, der im Wasser vor sich hin dümpelte und ein paar Schaumbläschen spuckte.

»Was guckst du so? Hast du noch nie einen badenden Mann gesehen?«, knurrte der Schädel.

Johnny wusste nicht, was er denken sollte. Sein Gehirn lieferte einfach keine brauchbaren Informationen. Außer dass er schon wieder an einen Geist geraten war.

»Och nee!!!«, rutschte es ihm heraus. »Nicht noch so ein dämlicher Geist!«

Der Schädel spuckte missmutig etwas braunes Wasser über den Wannenrand. »Was redest du da für einen Unsinn? Ich bin doch kein Geist! Oder glaubst du, dass Geister so aussehen?« Er klapperte selbstgefällig mit den Zähnen.

Johnny glaubte, dass Geister aussehen konnten, wie sie wollten. Er starrte den Schädel mit offenem Mund an. Seine Gedanken schlugen noch immer Purzelbäume. Er hatte seine Eltern lange genug auf ihren Reisen begleitet, um zu wissen, dass Totenschädel nicht einfach so sprechen konnten. Es sei denn, es handelte sich um sogenannte kreischende Schädel. Und das waren sehr unangenehme Gesellen. Sie bestanden darauf, über Jahrhunderte hinweg auf ihrem angestammten Platz zu bleiben. Versuchte man, sie von dort zu entfernen, starteten sie ihr nervenzerfetzendes Kreischen. Der Tinnitus war sozusagen vorprogrammiert. Kein Wunder also, dass sie mit dieser Masche immer wieder durchkamen.

Vorsichtshalber steckte sich Johnny die Finger in die Ohren.

»Wie heißt du?«, fragte er mit tiefer, beschwörender Stimme. Von Cécile wusste er, dass man Macht über magische Wesen erhielt, wenn man ihren Namen kannte. Das war zwar schon bei dem Geistermädchen in die Hose gegangen, aber Johnny fehlte schlicht die Idee, was er sonst tun sollte. »Nenne mir deinen Namen, oder ...«

»Oder was?«, blubberte der Schädel in der Wanne.

»Oder ich werde dich vernichten!«, drohte Johnny. Das klang jetzt selbst in seinen Ohren lächerlich.

»Pah«, machte der Schädel. »Du ... willst mich vernichten? Weißt du, was du bist, Johnny Sinclair?«

Johnny sah den Schädel mit aufgerissenen Augen an. Woher kannte er seinen Namen?

»Du bist ein Hosenscheißer. Ein Sockenfalter. Ein Schattenparker«, machte der Schädel munter weiter.

Und woher kannte er solche Ausdrücke?

Johnny starrte ihn verblüfft an. »W...Woher weißt du, wie ich heiße?«, stotterte er. Und hätte sich am liebsten sofort selbst eine Ohrfeige verpasst. Wie blöd musste man sein, dem Feind seinen eigenen Namen zu bestätigen?

»Hohoho«, lachte der Schädel prompt. »Du siehst deinen Urahnen sehr ähnlich, Johnny. Besonders dem alten Percival. Er hatte die gleichen großen Ohren wie du.«

»Ich muss kurz raus«, ächzte Johnny. Er brauchte frische

Luft. Er öffnete die Tür und schlug sie gleich wieder zu. Denn der Schwert schwingende Highlander stürmte gerade über den Flur, und sein Langschwert schlug Funken, wo immer es die Mauern berührte. Schwitzend sah Johnny sich um.

»Ist er ein Schmätzer, ein Heuler oder ein Klopfer?«, fragte der Schädel gelangweilt und drehte ein paar Pirouetten.

In Johnnys Kopf ging es drunter und drüber. »Woher soll ich das wissen?«, zischte er und fuhr sich verzweifelt durch die Haare.

»Bitte, keine dicken Kullertränchen. Ich hasse es, wenn Kinder diese Register ziehen. Hol mich einfach hier raus, dann sehe ich mir die Sache mal an.«

»Keine Sorge«, antwortete Johnny giftig. »Ich bin kein Baby mehr.« Er hob den Schädel trotzdem aus der Wanne und wickelte ihn in ein Handtuch. Dann öffnete er die Tür zum Flur.

»Arrrgh!«, zischte der Schwert schwingende Highlander schon wieder an ihnen vorbei. Er schien sich gerade warmgelaufen zu haben und war jetzt richtig in Fahrt.

Johnny zog den Kopf ein und hielt nur das Handtuch hinaus auf den Flur.

»Baaaaa! Biff bu berrückt!«, tönte es dumpf aus dem Frottee. »Bieh mich bofort burück!«

Johnny zog das Handtuch zurück ins Badezimmer und wickelte den Schädel aus. »Angst?«, fragte er hämisch. »Ist er ein Schmätzer, ein Heuler oder ein Klopfer?«, äffte er den Schädel nach. »Du bist ein ganz schöner Angeber!«

»Ich habe gesagt, ich werde mir die Sache ansehen. Ich habe nicht gesagt, bring mich um!«, blaffte der Schädel. »Du weißt schon, dass die Berührung mit einer Geistererscheinung Frostbeulen und schwere Schockzustände auslöst, oder? Mit einem Geisterschock ist nicht zu spaßen.«

Nein, das wusste Johnny nicht. Verblüfft sah er den Schädel an. »Du scheinst dich mit Geistern auszukennen.«

»Und du scheinst ein echtes Geisterproblem zu haben«, antwortete der Schädel herablassend. »Besser, wir verziehen uns an einen gemütlicheren Ort.«

»Ich bring dich zurück in mein Zimmer«, sagte Johnny und klemmte sich den Schädel samt Handtuch unter den Arm. Er sah hinaus auf den Flur, zählte bis drei und sauste los. Kurz vor seinem Zimmer blieb er abrupt stehen. »Cécile!«, japste er. Sein Kindermädchen stand mit einem Stapel Schmutzwäsche vor seiner Tür.

»Gut, dass du kommst. Mrs Adams will morgen waschen. Ich wollte dich gerade nach deiner Wäsche fragen.« Sie sah auf das Handtuch. »Das kannst du mir gleich mitgeben.«

»D...Das Handtuch, nein. Das ... brauche ich noch.«

»Wofür?« Cécile zog erstaunt die Augenbrauen hoch.

»Für ... Fürs Training. Die Workouts. Ähm. Ich komme dabei ganz schön ins Schwitzen«, stammelte er.

»Aaaach so!« Cecil glaubte ihm kein Wort, aber sie gab nach. »Wenn du also noch schmutzige Wäsche in deinem Zimmer findest, bring sie runter in die Waschküche. Die Kunden, die das Orakel befragen wollen, sind jeden Moment da.«

»Mach ich«, versprach Johnny und verschwand schleunigst in seinem Zimmer.

»War das eine Mama Benz?«, nuschelte der Schädel. Das Handtuch war ein wenig verrutscht und hatte ihm einen Blick auf Cécile erlaubt.

»Was? Nein, das war Cécile. Mein Kindermädchen.« Johnny legte das Handtuch auf sein Bett und wickelte den Schädel aus.

»Eine Mama Benz ist eine Kräuterkundige, die mit dem Voodoo-Kult ...«

»Woher weißt du das alles?«, fiel ihm Johnny ins Wort.

»Das ist eine lange Geschichte«, antwortete der Schädel.

Johnny setzte sich im Schneidersitz vor ihm aufs Bett. »Erzähl!«, sagte er. »Ich hab Zeit.«

»Es würde dich überfordern, wenn ich dir meine Geschichte in einem Rutsch erzähle. Ich bin weit gereist und habe so unendlich viel erlebt, dass ich die Jahrhunderte erst sortieren muss, damit ich nicht selbst durcheinanderkomme. Aber ein bisschen sollst du über mich erfahren. Also, wo fange ich an?«

»Wie wäre es mit deinem Namen?«, schlug Johnny listig vor.

Der Schädel lachte ein morsches Lachen. »Ich bin kein Dämon. Versprich dir von meinem Namen nicht zu viel. Du hast keine Macht über mich, selbst wenn du ihn kennst.«

»Dann ist ja gut«, sagte Johnny. »Also, wie heißt du?«

7. Kapitel

Die Ruinen von Mordor

»Mein Name ist Erasmus von Rothenburg. Ich bin Magier und Alchemist. Was so ziemlich dasselbe ist.«

»Kannst du deswegen nicht sterben?«, wollte Johnny wissen.

Der Schädel starrte ihn aus leeren Augenhöhlen finster an. »Wer sagt, dass ich sterben will?«

Johnny zuckte mit den Schultern. »Ich hätte jedenfalls keine Lust, bis ans Ende der Zeit irgendwo im Moor herumzuliegen.«

»So, hättest du nicht ...«, knurrte der Schädel. »Du kannst

von Glück sagen, dass ich beschlossen habe zurückzukehren. Denn wie es aussieht, hast du ein ganz massives Flatterlaken-Problem.«

»Flatterlaken-Problem?«

»GEI-STER-PRO-BLEM!«

»Ah, ja.« Johnny nickte. »Und nicht nur das. Weißt du zufällig, was mich im Moor verfolgt hat?«

»Na klar. Das war ein Shuck. Ein Prachtexemplar von einem Geisterhund. Es sind treue Seelen, man muss sie allerdings zu nehmen wissen.«

»Du meinst, er war harmlos?«

»Um Himmels willen, nein! Ich sagte doch, man muss mit ihnen umgehen können. Und so, wie du da hinter deinem Baumstamm gekauert hast, glaube ich nicht, dass du mit ihm umgehen kannst.«

Johnny wusste zwar nicht, was er davon halten sollte, aber er beschloss, die Sache erst einmal auf sich beruhen zu lassen. Schließlich gab es noch eine Menge anderer unbeantworteter Fragen.

»Gerade hast du gesagt, du seist hierher zurückgekehrt ...«, fuhr Johnny fort.

»Das stimmt. Greyman Castle ist für mich beinahe zur zweiten Heimat geworden!«

»Und wann war das?«

»1557. Maria Stuart war gerade Königin von Schottland.«

»Bist du ein Sinclair?«

»Sehe ich etwa so aus?«

Johnny schüttelte den Kopf.

»Na also.«

»Weshalb bist du nach Greyman Castle gekommen?«

»Ich habe einen mittelmäßig begabten Alchemisten bei seinen Forschungen unterstützt«, antwortete der Schädel angeberisch.

»Warst du damals schon als Schädel unterwegs?«

»Yep!«

»Verstehe«, sagte Johnny. »Und irgendwann hatte er genug von dir und hat dich ins Moor geschmissen, stimmt's?«

Der Schädel sog zischend die Luft ein. »Hör gut zu, du kleiner Wadenbeißer. Niemand wirft Erasmus von Rothenburg so einfach ins Moor. Verstanden? Es waren englische Soldaten, die diese Burg überfallen und den Nordturm niedergebrannt haben. Sie haben mich geraubt und mit nach England genommen. Von da an habe ich die meiste Zeit in den Wohnwagen der Bader und Händler, in Theatern und Schaufenstern verbracht. Irgendwann wurde ich dann an einen Mann verkauft, der in Inverness einen Antiquitätenladen betrieb. Tja, und dort landete ich wieder im Schaufenster. Sein Nachfolger war ein echter Hasenfuß. Er hatte Angst, dass ich mit einem Fluch belastet wäre, und hat mich mit großem Trara im Moor bestattet.

»Wow!«, staunte Johnny. »Wann war das?«

»2006, wenn ich mich recht erinnere.«

»AAAAAGRRRR!«, kam es dumpf vom Flur.

Der Schädel blickte in Richtung Tür. »Jetzt sollten wir uns aber erst mal um dein kleines Problem kümmern«, schlug er vor. »Der Kerl da draußen ist übrigens ein Lärmer. Schwer einzuschätzen, diese Spezies. Manche sind vollkommen harmlos. Andere sind so berauscht von ihrem eigenen Getöse, dass sie durchaus gefährlich werden können. Du solltest zuerst die Quelle des Spuks ausfindig machen.«

»Die Quelle?«, wunderte sich Johnny. »Keine Ahnung, wo sie herkommen. Die Typen sind einfach überall.«

»Natürlich sind sie überall. Auf Laufwegen wie Korridoren und Treppen häufen sich die Erscheinungen. Aber ihren Ursprung haben sie woanders. Sie lieben es modrig und dunkel.«

»Vielleicht im Nordturm«, überlegte Johnny. »Der Teil der Burg ist ziemlich verfallen, und modrig ist es dort auch.«

In diesem Moment klopfte es an der Tür. Schnell warf Johnny das Handtuch über den Schädel und öffnete.

»Oh, hallo!«, sagte er verblüfft.

Russell stand vor ihm und grinste ihn mit seiner neuen Zahnspange an. »Wir sind früher beim Kieferorthopäden fertig geworden. Meine Mum hat mich hier abgesetzt, lag ja auf dem Weg.« Russell drängte sich an Johnny vorbei und setzte sich aufs Bett.

Johnny hielt die Luft an.

»Na, was sagst du?«, fragte Russell und grinste so breit wie ein Halloween-Kürbis. »Cool, oder?« Die Brackets auf seiner Zahnspange sahen aus wie kleine Totenschädel.

»Schädel, ja, sehr cool!«, sagte Johnny und überlegte, wie er den richtigen Schädel unauffällig verschwinden lassen konnte. Doch da hatte Russell das Handtuch auch schon zwischen den Fingern.

»Was ist denn da drunter?«, fragte er und zog es mit einem Ruck weg. »Iiiih! Mist! Alter!«, quiekte er. »Wo hast du denn den Hugo her?« Russell war vom Bett aufgesprungen und starrte fassungslos auf den Schädel.

»Ähm«, machte Johnny, um etwas Zeit zu gewinnen. Er hoffte inständig, dass der Schädel nicht anfangen würde zu sprechen. Doch der hielt glücklicherweise den Mund. »Den habe ich vorhin im Moor gefunden. Er ist ziemlich gut erhalten, und deshalb habe ich ihn mitgenommen.«

»Alter Falter!«, murmelte Russell und sah den Schädel misstrauisch an. »Traust du dich, ihn anzufassen?«

»Klar!«, sagte Johnny und nahm den Schädel schnell an sich.

»Stinkt er?«, wollte Russell wissen.

»Quatsch. Warum sollte er stinken?« Johnny sah Russell genervt an. »Er hat jahrelang im Moor gelegen.«

»Aber vielleicht klebt noch etwas Gehirn drin.«

»Ich habe ihn gewaschen«, sagte Johnny und stellte den Schädel schnell auf seinen Schreibtisch. »Bist du irgendjemandem begegnet, als du hierhergekommen bist?«, fragte er und dachte dabei an den Schwert schwingenden Highlander, der noch bis vor wenigen Minuten über den Flur gelärmt war.

Russell schüttelte den Kopf. »Nur die üblichen Typen, die wegen einer Séance vor Céciles Tür warten. Sie hatte die Anlage voll aufgedreht. Die Voodoo-Trommel war bis hier oben zu hören.«

»Das war nicht die Anlage. Cécile hat eine neue Trommel.«

Russell fing an, auf Johnnys Bett zu wippen. »Hast du Lust, Ritter zu spielen?«, fragte er.

»Nein«, sagte Johnny. »Ehrlich gesagt, habe ich gerade keine Zeit für so was. Warum hast du nicht vorher angerufen?«

»Hab ich ja. Aber dein Handy hatte mal wieder keinen Empfang. Und jetzt bin ich hier. Meine Mum holt mich um halb acht ab.«

»Na klasse!«, brummte Johnny. Er hätte sich hundertmal lieber mit dem Schädel unterhalten, als mit Russell zu spielen.

»He, du hast mich vorhin gefragt, ob ich mit zu dir komme!«, beschwerte sich Russell.

»Und du hast Nein gesagt!«, gab Johnny zurück. Dann sah er seinen Freund an. »Okay. Ich wollte gerade rüber und mich in den Ruinen von Mordor umsehen«, sagte er. »Kommst du mit?«

Mordor, so hatten Johnny und Russell den verfallenen nördlichen Teil der Burg getauft, weil er sie irgendwie an den *Herrn der Ringe* erinnerte.

Russell grinste, sodass die Totenschädel auf seiner Spange blitzten. »Super! Wollen wir den Schädel mitnehmen?«

Johnny schüttelte den Kopf. »Besser nicht. Ich will nicht, dass er kaputtgeht.«

Schnell zogen sie sich ihre Jacken über und machten sich auf den Weg. An der Tür blickte Johnny sich noch einmal um. Der Schädel sah ihnen nach, und fast wirkte es so, als würde er Johnny durch seine leeren Augenhöhlen zuzwinkern.

Schon auf der Treppe, die von der Galerie hinunter in die Halle führte, kam ihnen der Duft von Räucherstäbchen entgegen. Céciles Tür stand offen, und sie verabschiedete gerade eine Frau, die einen kleinen bunt gewebten Beutel an sich drückte. Dann bat sie die nächste Besucherin herein.

»Ich finde Cécile total cool«, nuschelte Russell durch seine neue Spange.

Johnny nickte. Russell fand alles, was die Burg betraf, cool. »Lass uns die Abkürzung durch die Küche nehmen. Da können wir uns zwei Taschenlampen besorgen.«

»Hat Mrs Adams irgendwas Leckeres gebacken?«, erkundigte sich Russell, während sie die Taschenlampen aus dem Vorratsschrank holten.

»Nicht dass ich wüsste.« Johnny schloss die Hintertür auf und trat hinaus.

Seite an Seite trabten sie über den Hof. Es war ein kurzer Weg bis zu den Ruinen von Mordor. Dohlen nisteten in den Mauerresten, die wie schwarze Zahnstummel in den Himmel ragten. Der Turm, der über die nördlichen Wälder blickte, war bis zur Hälfte heruntergebrochen. Nur seine Wendeltreppe war stehen geblieben und führte wie eine Himmelsleiter hinauf ins Nichts. Johnny war es strengstens verboten, den Turm zu betreten, und er hielt sich daran. Auch wenn Russell ihn jedes Mal zu einer Mutprobe herausfordern wollte. Über die Äste einer knorrigen Eiche konnte man nämlich mit etwas Geschick die stehen gebliebene Treppe erreichen.

»Lust auf eine Mutprobe?«, fragte Russell prompt. »Ich wette, ich traue mich, die Treppe bis zur Mitte hinaufzuklettern.«

Johnny schüttelte den Kopf. »Ich sehe mir den Turm heute lieber von innen an.«

Russell schnappte nach Luft. Die Tür zum Turm war immer verschlossen. Und das hatte seinen guten Grund. Vor zwei Jahren war hier ein Tourist verunglückt. Es hatte zwei volle Tage gedauert, bis man ihn gefunden hatte. Er war ins sogenannte Angstloch gefallen, ein Loch im Boden, in das man früher Gefangene hinuntergelassen hatte.

»Wir dürfen da genauso wenig *rein*, wie wir *auf* den Turm klettern dürfen«, sagte Russell, dem Höhe viel lieber als Dunkelheit war.

Johnny kümmerte sich nicht um ihn. Probehalber rüttelte er an der verschlossenen Eichentür und zog dann eine Art Haken aus seiner Jackentasche.

»Was ist das?«, fragte Russell.

»Das ist ein Dietrich«, erklärte Johnny. »Damit lassen sich verschlossene Türen öffnen. Aber nur die einfachen Schlösser.« Er stocherte mit dem Dietrich im Schloss der Turmtür herum und grinste. »Das hier ist so ein einfaches Schloss.« Knarrend ging die Tür auf.

Bewundernd sah Russell ihn an. »Woher hast du das Ding?«

»Das habe ich in einem Werkzeugkasten gefunden. Oberinspektor Sinclair von Scotland Yard hat einen ganzen Schlüsselbund voll davon. Damit öffnet er jede Tür, wenn er dafür nicht gerade seine Beretta benutzt. Und jetzt komm!«

»Er öffnet Türen mit einer Pistole?« Russell blieb unschlüssig stehen.

»Was ist? Hast du Schiss?«, fragte Johnny und ließ seine Taschenlampe aufblitzen.

Wenn man den Kopf in den Nacken legte, konnte man durch die eingestürzten Mauern ein Stück Himmel sehen. Sobald man aber die Wendeltreppe betreten hatte, wurde es finster wie in einem Kaminrohr.

»W...Warte auf mich!«, rief Russell, und seine Stimme klang auf einmal gar nicht mehr so unternehmungslustig.

Johnny drehte sich zu ihm um. Russell hatte ebenfalls seine Taschenlampe angeschaltet und tapste Stufe für Stufe hinter ihm her. Eigentlich hatte Johnny sich im Keller des Turms einmal gründlich umsehen wollen. Aber jetzt beschlich auch ihn ein mulmiges Gefühl. Die Luft hier unten war abgestanden und klamm, und es schien mit jeder Stufe, die sie weiter hinunterstiegen, kälter zu werden.

Russells Stimme bebte. »Lass uns umdrehen«, flüsterte er.

Aber Johnny ging mutig weiter. »Ich dachte, du bist so wild auf Mutproben«, zischelte er zurück. Er wollte Russell unbedingt beweisen, wie furchtlos er war.

Doch plötzlich schnappte er erschrocken nach Luft. An den Wänden neben ihnen waren wie aus dem Nichts Schatten aufgetaucht. Kleine und große. Im Lichtkegel ihrer Taschenlampen glitten sie neben ihnen her und streckten ihre dürren Arme nach ihnen aus. Johnny verschlug es den Atem, und Russell sah ihn im Schein seiner Taschenlampe panisch an.

»Raus hier!«, stieß er würgend hervor.

Hals über Kopf flohen die Jungs die Treppe hinauf und blieben erst stehen, als Johnny die schwere Eichentür hinter ihnen zugeschlagen hatte.

Keuchend ließ sich Russell auf ein Stück Torbogen fallen. »Hast du ... hast du ... das gesehen? Krass ...«, japste er und hielt seine Taschenlampe noch immer fest umklammert. Er war ganz blass um die Nasenspitze.

»Abgefahren«, keuchte auch Johnny und lehnte sich mit dem Rücken gegen die Tür.

»Was war das? Sind das die Geister, von denen du erzählt hast? Nimm's mir nicht übel, Alter. Aber ich habe irgendwie

geglaubt, du denkst dir die Sachen bloß aus. Meinst du, sie sind gefährlich?« Russell hatte eine Million Fragen, und die prasselten jetzt alle auf Johnny ein.

»Woher soll ich das wissen?«, antwortete Johnny. »Aber wenn du an Mr Hopkins, den Uhrmacher, denkst, glaube ich nicht, dass sie nur spielen wollen.«

Russell riss die Augen auf. »Du glaubst, die Schatten haben Mr Hopkins auf dem Gewissen?«

Johnny sah ihm fest in die Augen. »Ganz sicher«, sagte er.

»Dann spukt es auf Greyman Castle wirklich?« Johnny zögerte einen Moment und nickte. »Cool«, meinte Russell zufrieden. »Wenn ich das meiner Mum erzähle ...«

»Wehe!«, drohte Johnny. »Ich habe keine Lust, dass sie uns einen Trupp Ghostbuster auf den Hals hetzt. Wir werden mit der Sache schon allein fertig!«

Russell sah seinen Freund bewundernd an. »Du hast recht. Wir werden mit der Sache allein fertig!«, sagte er. »Gib mir Fünf!«

»Erst musst du schwören, dass du deiner Mum nichts von den Schatten erzählst«, verlangte Johnny.

Russell legte feierlich seine Hand aufs Herz und sagte: »Ich schwöre! Zufrieden?«

»Zufrieden!«, sagte Johnny und hob die Hand, damit sie abklatschen konnten.

8. Kapitel

Eine Hand wäscht die andere

Nachdem Russell am Abend von seiner Mum abgeholt worden war, beeilte sich Johnny, zurück in sein Zimmer zu kommen. Er musste dem Schädel unbedingt von ihren Erlebnissen im schwarzen Turm erzählen.

Die Tür zu Céciles Praxisräumen stand offen, was bedeutete, dass die Séancen beendet waren und der letzte Ratsuchende die Burg verlassen hatte. Johnny nahm zwei Stufen auf einmal und stürmte hinauf in sein Zimmer. Bevor er den Korridor betrat, hielt er einen Moment inne, um zu lauschen, aber es schien alles in Ordnung zu sein. Schnell öffnete er die Tür.

»Du ahnst nicht, was uns eben passiert ist«, platzte er heraus und sah sich im nächsten Moment verwirrt um. Der Schädel war weg! Dort, wo er auf seinem Schreibtisch gelegen hatte, stand jetzt ein Globus.

Das konnte doch unmöglich wahr sein! Cécile!, fuhr es ihm durch den Kopf. Er machte auf der Stelle kehrt und rannte die Treppe wieder hinunter. Wütend wollte er in den Raum stürmen, in dem sie ihre Séancen abhielt. Doch Cécile kam ihm bereits entgegen.

»Ah, Johnny!«, rief sein Kindermädchen und versperrte ihm dabei den Blick durch die Tür.

»Wo ist er?«, brauste Johnny auf.

»Wo ist wer?«, fragte Cécile. »Ich habe keine Ahnung, wovon du sprichst.«

»Doch, hast du!« Johnny reckte den Hals und stellte sich auf Zehenspitzen, um an Cécile vorbeizuschauen.

Das Kindermädchen seufzte. »Wenn du den tätowierten Schädel meinst, den habe ich zu deinem eigenen Besten aus deinem Zimmer geholt.«

»Zu meinem Besten? Ich weiß selbst, was zu meinem Besten ist!«, rief Johnny. »Du kannst doch nicht etwas aus meinem Zimmer holen, ohne mich zu fragen!« Seine Stimme überschlug sich fast, so sehr regte er sich darüber auf.

Cécile stemmte die Hände in die Hüften und funkelte ihren Schützling böse an. »Ich soll dich zuerst fragen, bevor ich Schaden von dir abwende? Das ist doch lächerlich. My Lord, bitte gestatten Sie mir, Ihr wertes Leben zu retten!«, piepste sie mit so stark verstellter Stimme, dass Johnny dummerweise grinsen musste.

Sofort wurde er wieder ernst. »Und wer, bitte schön, sollte mein Leben bedrohen?«

»Baron Samedi«, antwortete Cécile und senkte die Stimme. »Manche nennen ihn auch Mister Tod.«

»Mister Tod?« Johnny lief es eiskalt über den Rücken. »Du glaubst, der Schädel ist Mister Tod?«

Sein Kindermädchen nickte düster.

Johnny schüttelte den Kopf. »So ein Quatsch. Er ist bloß ein Schädel aus dem Moor!«

»Hast du seine Tattoos gesehen? Das sind magische Zeichen. Damit ist nicht zu spaßen. Das nächste Mal zeigst du mir solche Funde gefälligst, bevor du sie dir auf den Schreibtisch stellst!«

»Du hättest trotzdem nicht einfach so in mein Zimmer gehen und ihn dir nehmen dürfen«, beharrte Johnny trotzig.

»Ich wäre auch nicht in dein Zimmer gegangen, wenn nicht einer deiner Schulkameraden wegen Christoph Kolumbus angerufen hätte. Er wollte wissen, auf welche der vier Reisen ihr euch vorbereiten sollt«, sagte Cécile.

Christoph Kolumbus! So ein Mist. Johnny schlug sich mit der flachen Hand gegen die Stirn. Die Geschichtsarbeit hatte er total vergessen. Wieso hatte Russell kein Wort davon gesagt?

Für Cécile schien das Thema damit erledigt. Sorgfältig schloss sie die Tür hinter sich ab und stieg die Treppe zur Galerie hinauf.

»Was hast du mit dem Schädel gemacht?«, fragte Johnny, während er ihr folgte.

»Er steht in meinem Sprechzimmer. Ein Schrein ist genau der richtige Ort für einen magischen Schädel. Auf diese Weise kann er keinen Schaden anrichten und wird die Kunden schwer beeindrucken. Vor allem wenn ich ihnen seine Geschichte erzähle. Eine Geschichte voll schwarzer Magie und spiritueller Weisheit.« Cécile lächelte zufrieden.

»Er hat mit dir gesprochen?«, fragte Johnny ungläubig und fühlte sich seltsam verraten.

»Das musste er nicht, Chéri. Ich lese in ihm wie in einem offenen Buch!«

»So ein Quatsch!«, brauste Johnny auf. »Du denkst dir das alles bloß aus! Und wenn der Schädel wirklich Mister Tod wäre, könntest du ganz sicher nicht in ihm lesen«, fügte er triumphierend hinzu.

»Na wenn schon ...« Cécile hob gleichgültig die Schultern und war auch schon im Treppenturm verschwunden.

Wütend sah Johnny ihr nach und verzog sich dann in sein

Zimmer. Wie hatte Cécile den Schädel genannt? Mister Tod? Da lachten ja sämtliche schwarzen Hühner!

Eine Weile saß Johnny grübelnd auf seinem Bett, dann sprang er auf. Er würde sich sein Eigentum zurückholen! Wenn man bei einem sprechenden Schädel überhaupt von Eigentum reden konnte. Aufmerksam spähte er hinaus auf den dunklen Flur. Die Luft schien rein. Nur auf Höhe des Badezimmers bewegte sich ein grünliches, fluoreszierendes Licht.

Johnny zögerte einen Moment, doch es war weit genug entfernt, als dass es ihm hätte gefährlich werden können. Flink wie ein Wiesel flitzte er hinunter in die Eingangshalle. Dort sah er sich einmal kurz um und öffnete dann mithilfe des Dietrichs die verschlossene Tür zu Céciles Praxisräumen. Blind tastete er nach dem Lichtschalter und hielt mitten in der Bewegung inne. Ein flackerndes Licht fiel aus dem hinteren Raum, und es hatte den Anschein, als würden die kleinen Voodoo-Puppen, die an bunten Fäden von der Decke baumelten, tanzen.

Jemand war dort drinnen!

Kurz überlegte Johnny, ob es besser wäre, am nächsten Morgen wiederzukommen, doch dann fasste er sich ein Herz und pirschte sich leise an die Lichtquelle heran. Vorsichtig lugte er in den Raum, in dem Cécile ihre Séancen abhielt.

»Warum hat das so lange gedauert?«, polterte da eine bekannte Stimme.

Und was Johnny jetzt sah, verschlug ihm glatt die Sprache. Cécile hatte aus Erasmus kurzerhand einen Kerzenständer gemacht. Das Wachs einer dicken blauen Kerze tropfte ihm bereits in die Augen.

»Nimm mir bloß das verdammte Ding vom Kopf!«, quäkte der Schädel.

Johnny beeilte sich, die Kerze auszupusten, und pflückte sie schnell von Erasmus' Kopf.

»Tut mir leid«, sagte er. »Ich hätte dich besser verstecken müssen, aber wie konnte ich ahnen, dass Cécile ...«

»Spar dir deinen Atem. Sieh lieber zu, dass wir hier wegkommen, bevor diese verrückte Frau wieder auftaucht!«, schimpfte der Schädel. »Die ist unberechenbar! Für eine Mama Benz betreibt sie übrigens ziemlich viel Hokuspokus nebenbei.«

»Ich habe dir doch gesagt, dass sie keine Mama Benz ist«, erwiderte Johnny und klemmte sich den Schädel unter den Arm. »Cécile ist eine Mambo. Eine Voodoo-Priesterin.«

Und ohne den Raum wieder zu verschließen, flitzte Johnny samt Schädel zurück in sein Zimmer.

»So, und jetzt schrubben wir dir das fiese Wachs vom Kopf«, sagte er.

Erasmus von Rothenburg holte empört Luft. »Nicht nötig. Stell mich einfach auf den Tisch. Um den Rest kümmere ich mich selbst.«

»Wie du willst!« Johnny stellte den Schädel ab, und im nächsten Moment fing er auch schon an zu glühen. Er wurde erst weiß, dann orange und schließlich rot. So als würde jemand zu lange die Luft anhalten. Das Wachs fing an zu schmelzen und war im Nu verdampft.

»Wow! Du scheinst doch nicht so wehrlos zu sein, wie ich dachte«, staunte Johnny.

»Gut beobachtet«, brummte der Schädel. »Und wenn du dir deine kleinen Patschhändchen nicht verbrennen willst, fasst du mich die nächsten fünf Minuten lieber nicht an. Am besten fasst du mich überhaupt nicht wieder an. Verstanden?«

»Geht klar!« Johnny setzte sich vor den Schädel an seinen Schreibtisch. »Ich war ganz schön baff, als ich zurückkam und du nicht mehr da warst. Dabei wollte ich dir doch unbedingt erzählen, was Russell und ich im Keller des Turms erlebt haben.«

»Lass mich raten. Euch sind da unten ein paar Gespenster begegnet.«

»So ungefähr. Nur dass es Schatten waren und keine Gespenster. Sie haben uns die ganze Treppe hinunter verfolgt.«

Der Schädel gähnte. »Und ... haben sie auch noch etwas anderes getan, als euch die Treppe runterzujagen?«

Johnny schüttelte den Kopf. »Russell hatte trotzdem Schiss und wollte auf der Stelle wieder nach oben. Er ist eben ein richtiges Baby.«

»Und du? Hattest du auch ... Schiss?«, fragte der Schädel.

»Nein«, log Johnny. »Aber es war nicht besonders gemütlich dort unten. Es war eiskalt und …«

»Eiskalt? Dann wart ihr auf der richtigen Spur. Am Ursprungsort einer Geistererscheinung ist es immer unnatürlich kalt«, erklärte der Schädel. »In welchem Teil der Burg befindet sich diese Treppe?«

»In den Ruinen von Mordor.« Johnny grinste verlegen. »Ich meine im Nordturm. Russell und ich nennen ihn die Ruine von Mordor, weil …«

»… seine Mauern schwarz vom Feuer sind«, beendete Erasmus von Rothenburg den Satz.

»Stimmt«, sagte Johnny. »Ich hab vergessen, dass du dabei warst, als die Engländer den Turm niederbrannten.«

»So ist es. Und wenn du und dein Freund dort jemals wieder unbeschwert spielen wollt, solltest du mich jetzt schleunigst da hinbringen. Ich möchte mir selbst ein Bild von dem Ort machen. Ist schon eine Weile her, seit ich das letzte Mal da unten war.«

Die Tür zum Schlafzimmer seiner Eltern klapperte. »Johnny?«

»Das ist Cécile. Sie schläft nebenan, solange meine Eltern auf Reisen sind«, flüsterte Johnny und stopfte den Schädel blitzschnell in seinen Rucksack.

Im nächsten Moment ging die Tür auf, und Cécile steckte ihren Kopf ins Zimmer. »Alles in Ordnung bei dir?«

»Yep, alles in Ordnung«, antwortete Johnny und starrte auf seinen leeren Schreibtisch.

»Hast du für die Geschichtsarbeit geübt?«

»Ja, hab ich!«

»Okay.« Cécile ließ ihren Blick durch den Raum schweifen. »Wenn du mich brauchst, weißt du, wo du mich findest.« Dann sah sie Johnny ernst in die Augen. »Wir reden morgen noch einmal über den Schädel.«

»Klar«, murmelte Johnny.

Cécile warf ihm einen Luftkuss zu und zog die Tür hinter sich ins Schloss.

»Ist sie weg?«, kam es dumpf aus dem Rucksack.

»Ja«, sagte Johnny und nahm den Schädel wieder heraus.

»Gut, dann bring mich zum Turm.«

»Jetzt?«

»Natürlich jetzt. Dein Leben ist kurz, also hopp, hopp!«

Johnny straffte die Schultern. Er hatte eindeutig etwas dagegen, dass man so mit ihm redete. »Du könntest wenigstens *bitte* sagen«, erklärte er. »Außerdem ist es schon recht spät. Ich muss noch für Geschichte üben. Und ... ich habe keine Lust, noch einmal da runterzugehen.«

»Was heißt, du hast keine Lust?«, empörte sich der Schädel.

»Es heißt, dass ich keine Lust habe! Morgen vielleicht.« Johnny hielt einen Moment inne. »Kennst du dich zufällig mit Christoph Kolumbus aus?«

»Natürlich, was soll die dumme Frage? Ich war damals in Spanien, als er in See stach.«

»Prima, dann schlage ich vor, du hilfst mir morgen bei der Geschichtsarbeit, und ich bringe dich am Nachmittag in den Turm. Eine Hand wäscht die andere!«

9. Kapitel

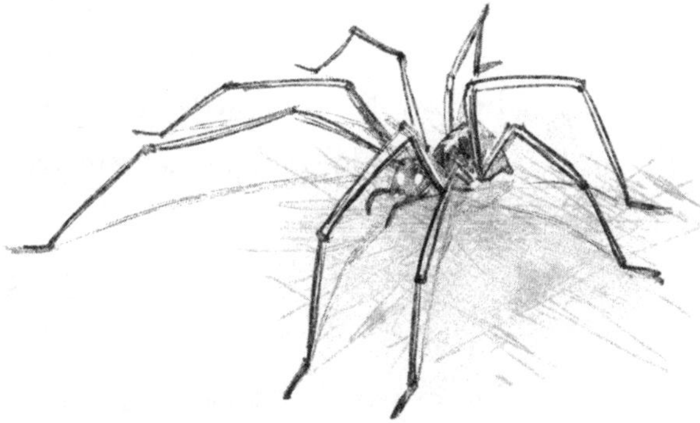

Der Schädeljoker

»Hatschi!«, nieste Erasmus von Rothenburg am nächsten Morgen so laut, dass Johnny erschrocken zusammenzuckte. Er war schon ein bisschen früher aufgestanden, um noch einmal in das Geschichtsbuch zu gucken. Jetzt zog er den Schädel wieder unter seinem Bett hervor, nachdem er ihn am Abend zuvor dort verstaut hatte. Nur für den Fall, dass Cécile noch einmal in sein Zimmer kommen würde.

»Wie wäre es, wenn du dir einen Besen schnappst und deine

Kammer fegst? Ein bisschen Sauberkeit hat noch niemandem geschadet. Die Pest hätte eingedämmt werden können und längst nicht so viele Opfer gefordert, wenn man es 1347 mit der Hygiene etwas genauer genommen hätte«, zeterte Erasmus. »Weißt du, wie viele Tote die Pest in Europa gefordert hat?«

»Viele, nehme ich an«, antwortete Johnny und klappte sein Geschichtsbuch zu. »Aber weißt du, zu wie vielen Entdeckungsreisen Kolumbus im Namen der spanischen Krone aufgebrochen ist?«

»Natürlich weiß ich das. Vier«, antwortete der Schädel.

»Stimmt!«, sagte Johnny und grinste. »Du scheinst tatsächlich Ahnung zu haben. Dann will ich dich mal mitnehmen!« Ohne auf Erasmus' Protest zu achten, steckte er den Schädel in seinen Rucksack. »Ich hoffe, es ist nicht zu unbequem!«, rief er munter und machte sich auf den Weg in die Küche.

Dort wartete Mrs Adams bereits mit dem Frühstück auf ihn.

»Na, junger Mann. Ich habe von Cécile gehört, dass das Moor dich gestern beinahe verschluckt hätte.«

»Ach was, es war ein bisschen neblig. Weiter nichts.«

Johnny löffelte eilig seinen Porridge. Er hatte heute Morgen keine Zeit, sich mit Mrs Adams zu unterhalten. Er wollte unbedingt vor allen anderen in der Schule sein, um mit Erasmus einen Soundcheck zu machen. Wäre schon ziemlich blöd, wenn man einen allwissenden Schädel dabeihatte und die Klassenarbeit nur deshalb vergeigte, weil man ihn nicht verstand.

»Nächstes Mal, wenn es wieder so neblig ist, kommst du zu mir. Es ist nur ein Katzensprung von der Schule bis zu meinem Haus. Außerdem freue ich mich über ein bisschen Abwechslung«, plauderte Mrs Adams weiter.

»Mach ich«, versprach Johnny und stand auf. »Aber jetzt muss ich los. Wir schreiben gleich eine Klassenarbeit.«

»Dann drücke ich dir die Daumen!« Mrs Adams sah ihm lächelnd nach.

Johnny machte sich auf die Suche nach Cécile und hoffte, dass sie Erasmus' Fehlen noch nicht bemerkt hatte. Und er hatte Glück. Sein Kindermädchen stand an der Burgmauer und hielt ihr Gesicht in die wärmende Morgensonne.

»Ich konnte mich kaum noch an sie erinnern«, seufzte Cécile. »Aber jetzt ist sie da, und das ist gut für die Seele und gut fürs Geschäft.«

»Würde es dir etwas ausmachen, mich schon ein bisschen früher zur Schule zu fahren?«, fragte Johnny. »Ich bin ein wenig nervös wegen der Arbeit und möchte mich noch vorbereiten.«

»Mit einem Spicker?«, fragte Cécile misstrauisch.

Johnny schüttelte ordnungshalber den Kopf und stieg ins Auto. Er schnallte sich an und stellte den Rucksack zwischen seine Füße. Cécile stieg neben ihm ein, und schon rauschten sie durch den Torbogen vom Hof.

Während der Fahrt versuchte Johnny, den Rucksack so gerade wie möglich zu halten. Was bei der kurvenreichen Strecke und Céciles Fahrstil gar nicht so leicht war. Ab und zu kam ein finsteres Knurren aus seinem Ranzen.

»Dein Magen klingt ja furchtbar. Du hättest besser frühstücken sollen«, sagte Cécile und sah ihn von der Seite lächelnd an.

»Ähm ... ich hatte keinen Appetit«, murmelte Johnny und blickte angestrengt aus dem Fenster. Sie waren bloß eine Viertelstunde früher als sonst, aber die Straßen von Blacktooth wirkten wie ausgestorben. Nicht ein einziges Schulkind war unterwegs.

Cécile hielt mit quietschenden Reifen vor dem Schultor und ließ Johnny aussteigen. »Bis nachher, Chéri! Ich drück dir die Daumen!«, rief sie. Und bevor Johnny auch nur die Hand heben konnte, war der Bentley auch schon um die Ecke gebogen.

»Ja, bis nachher!«, sagte er, schulterte seinen Rucksack und machte sich auf den Weg ins Klassenzimmer. Johnny hoffte inständig, dass er der Erste war und nicht schon irgendeine Strebereule vor ihm dort saß.

Er hatte Glück. Fein säuberlich breitete er seine Stifte vor sich auf dem Tisch aus und stellte den Rucksack darunter. »Kannst du mich verstehen?«, flüsterte er.

»Was?!«

Johnny zog den Rucksack näher an seinen Stuhl heran. »Ich lasse den Reißverschluss auf, dann kannst du mich besser hören.«

»In Ordnung!«, trompetete der Schädel.

»Pssst! Du musst leiser reden. Es darf keiner merken, dass du mir hilfst. Verstanden?«

»Ich bin doch nicht blöd«, kam es grimmig aus dem Rucksack.

»Also, kannst du mich verstehen, wenn ich so leise flüstere?«

»Was?!«

Johnny wurde langsam nervös. Der Schädel hatte eindeutig etwas an den Ohren. An welchen Ohren?

»Haha! War nur Spaß«, tutete Erasmus. »Ich verstehe dich perfekt.«

In diesem Moment ging die Tür auf, und Millie Edwards schlurfte herein. »Morgen«, murmelte sie und ließ sich auf ihren Stuhl fallen.

»Morgen!«, antwortete Johnny und sah sie verblüfft an. Millie trug ihre Jacke verkehrt herum. Die Knöpfe waren auf dem Rücken, und ihre Arme steckten in den Ärmeln wie in einer Zwangsjacke. Kurz überlegte er, ob er sie darauf aufmerksam machen oder lieber den Mund halten sollte. Dann gab er sich einen Ruck. Sie würde nichts zu lachen haben, wenn Barty und Alfie sie so sahen.

Millie hatte wie üblich den Kopf auf ihre Arme gelegt und döste.

»Ähm, 'tschuldigung!«, meldete sich Johnny von seinem Platz. »Ich will dich nicht nerven, aber …«

»Dann tu's auch nicht«, erwiderte Millie schroff.

»Okay ... aber du hast deine Jacke falsch rum an.«

Millie hob den Kopf und starrte ihm in die Augen. »Ich weiß. Und es ist mein Problem!«

»Ja, klar. Tut mir leid.« Johnny fing an, mit seinen Stiften herumzuspielen. Voll peinlich. Gut, dass niemand diese Abfuhr mitbekommen hatte.

Eine Minute später flog die Tür auf, und das Klassenzimmer füllte sich mit einem Schlag. Ruby und Alisha kicherten, als sie Millies Jacke bemerkten. Und Evelyn wedelte sich mit der Hand vor der Stirn herum. »Geht's noch, oder müssen wir uns allmählich Sorgen machen?«

Schließlich kamen auch Barty und Alfie. Sie saßen dummerweise direkt hinter Millie, und so fiel ihnen die Jacke sofort auf.

»Was soll das denn?«, posaunte Alfie und versuchte, Millie seinen Kaugummi auf einen ihrer Jackenknöpfe zu kleben.

»Habt ihr für Geschichte geübt?«, fragte Evelyn zuckersüß.

Barty und Alfie fiel die Kinnlader herunter. »Wovon redest du? Machst du Quatsch?«

»Kein Quatsch«, pflichtete Ruby ihr bei. »Wir schreiben gleich die Arbeit über Kolumbus.«

»Wenn ihr uns nicht glaubt, könnt ihr Mrs Olof ja persönlich fragen. Sie muss jeden Moment hier sein«, grinste Evelyn.

»Okay ... wir sehen uns morgen«, sagte Barty und schnappte sich seine Schultasche. »Mir fällt gerade ein, ich habe um neun Uhr einen Zahnarzttermin.«

»Ich auch!«, murmelte Alfie und beeilte sich, Barty aus dem Klassenzimmer zu folgen.

In der Tür drehte sich Barty noch einmal um. »Ihr habt uns nicht gesehen, verstanden? Sonst wird es hier morgen ganz besonders lustig. Allerdings nicht für euch!« Und schon waren die beiden aus der Klasse verschwunden.

Einen winzigen Augenblick überlegte Johnny, ob er nicht auch einen dringenden Arzttermin hätte.

Doch da kam auch schon Mrs Olof in die Klasse, dicht gefolgt von Russell.

»Setz dich auf deinen Platz, damit wir gleich anfangen können«, sagte Mrs Olof und holte die Arbeitsbögen aus ihrer Tasche. »Ihr habt Glück, wir schreiben heute bloß einen Test. Evelyn, hilf mir bitte, die Bögen auszuteilen.«

Sofort sprang Evelyn auf. »Gerne, Mrs Olof!«

»Wie ihr wisst, geht es um Christoph Kolumbus«, erklärte Mrs Olof. »Es sind Multiple-Choice-Aufgaben. Die möglichen Antworten sind also vorgegeben. Mehrfachantworten sind ebenfalls möglich. Für diejenigen, die sich vorbereitet haben, dürfte es nicht allzu schwer werden.«

»Darf ich auch das Publikum fragen und den Telefonjoker ziehen?«, fragte Bernie Shoemaker.

Die Klasse kicherte. Dann war jeder auf sich gestellt. Jeder bis auf Johnny. Denn der setzte seine ganze Hoffnung auf den Schädeljoker. Um sicherzugehen, dass er auch nicht eingeschlafen war, stieß Johnny ein paarmal mit dem Fuß gegen den Rucksack. Ein Knurren zeigte ihm, dass Erasmus auf seinem Posten war.

»Hunger?«, fragte Russell.

Johnny drückte die Hände in seine Magengrube und nickte.

»So, und jetzt ist Ruhe. Sollte ich jemanden beim Schummeln erwischen, ist das Blatt weg, und die Note dürfte klar sein.« Mrs Olof machte es sich hinter dem Lehrerpult bequem.

Johnny warf einen Blick auf den Bogen. Die ersten Fragen waren leicht.

Wann entdeckte Christoph Kolumbus Amerika?

1472 – 1482 – 1492

1492 war richtig.

Wie viele Entdeckungsfahrten unternahm Kolumbus für das spanische Königshaus?

2 – 3 – 4

Vier. Da war sich Johnny sicher. Doch dann ging es auch schon los.

Welchen Beruf erlernte Christoph Kolumbus ursprünglich?

Wollweber – Schriftsetzer – Tischler

Woher sollte er das wissen? Johnny zog den Rucksackjoker.

»Welchen Beruf erlernte Kolumbus?«, flüsterte er. »Wollweber, Schriftsetzer, Tischler.«

»Wommmeber«, kam es dumpf von unten.

»Psst!«, kam es vom Lehrerpult.

Johnny kratzte sich am Kopf. *Wommeber?* Tischler klang eindeutig anders. Johnny entschied sich für Wollweber.

»Wie hießen die drei Schiffe, mit denen Kolumbus Amerika entdeckte?«, flüsterte Johnny wesentlich leiser.

»Ina, Inta und Danta Ariea«, nuschelte es prompt.

Okay. Das konnten nur Niña, Pinta und Santa Maria sein.

»Welchen Namen gab Christoph Kolumbus der ersten Insel, auf der er an Land ging?«, flüsterte Johnny.

»San Salvador«, kam es gut verständlich aus dem Rucksack. Johnny sah sich nervös um.

»Urummsimsummblala … murmel, murmel, murmel«, nuschelte es unter dem Tisch weiter.

Johnny fing an zu schwitzen. Jetzt lieferte der Schädel auch noch ein paar Zusatzinfos, und es schien ihm offensichtlich Spaß zu machen.

Mrs Olof hatte deutlich weniger Spaß an der Sache. »Johnny, mit wem redest du da?«, fragte sie streng. Und auch Russell sah ihn verwundert an.

Erschrocken blickte Johnny auf. »Mit niemandem …«

Mrs Olof stand auf. »Gib mir dein Handy!«

So ein Mist. Bevor Mrs Olof neben ihm stand und einen Blick in seinen Rucksack werfen konnte, hatte Johnny sein Handy gezückt und hielt es ihr entgegen. »Ich habe mit niemandem geredet, ehrlich! Es ist aus. Sehen Sie? Ich habe vergessen, es zu laden.«

»Gib es mir trotzdem«, verlangte seine Lehrerin. »Du hast Glück, dass ich dir den Test nicht wegnehme.« Sie schnappte sich Johnnys Handy und legte es vor sich auf das Pult.

Und das war's dann mit dem Schädeljoker. Natürlich wagte Johnny jetzt nicht mehr, mit Erasmus zu sprechen. Ihm blieb also nichts anderes übrig, als zu raten, und das war mehr als frustrierend.

»Boah, Alter«, stöhnte Russell, als sie nach dem Test in die Pause gingen. »Du hast die ganze Zeit vor dich hin gebrabbelt. Ich bin fast irre geworden.«

»Echt? Hab ich gar nicht bemerkt«, brummte Johnny.

»Man wird etwas wunderlich, wenn man zu lange auf einer Burg haust«, grinste Russell. »Hast du Cécile eigentlich erzählt, was sich in den Ruinen von Mordor versteckt?«

Johnny zuckte erschrocken zusammen. »Nein, du etwa?«

»Warum sollte ich Cécile etwas erzählen? Ich habe sie gestern doch gar nicht mehr gesehen.«

Johnny verdrehte die Augen. »Ich meine, ob du deiner Mum von den Schatten erzählt hast?«

Russell schüttelte den Kopf. »Sie hätte mir das zwar niemals geglaubt, aber vermutlich hätte sie mich deswegen trotzdem nie wieder bei dir spielen lassen.«

Johnny kletterte auf die Schulhofmauer und ließ den Rucksack zu seinen Füßen stehen. Russell versuchte ebenfalls auf die Mauer zu klettern, rutschte dabei aber immer wieder ab und gab es schließlich auf. Sein Blick fiel auf den Rucksack.

»Warum hast du ihn mit in die Pause genommen? Wir haben doch noch ein paar Stunden, bis ...« Er stockte und rieb sich die Augen. Johnny wusste sofort, was los war. Doch da war es schon zu spät. Er hatte vergessen, den Rcißverschluss zuzuziehen, und Erasmus' bunt tätowierter Schädel leuchtete ihnen unübersehbar entgegen.

»Alter Schwede!«, japste Russell. »Wie cool ist das denn? Du hast das Ding tatsächlich mit in die Schule gebracht!« Und noch ehe Johnny von der Mauer hüpfen konnte, hatte Russell den Schädel in der Hand.

»Gib ihn her. Ich möchte nicht, dass ihn jemand sieht«, verlangte Johnny.

»Dann hättest du ihn besser zu Hause lassen sollen, Sinclair«, sagte da eine Stimme, die in etwa so charmant war wie ein Schlag in die Magengrube. »Alfie, sieh dir das an. Sinclair hat einen Toten ausgegraben. Und ich dachte, wir hätten nur eine Irre in unserer Klasse.«

Noch ehe Johnny reagieren konnte, hatte Barty Russell den Schädel aus der Hand gerissen.

»Voll krass, Alter!«, staunte Alfie. »Das Teil hat ja Tattoos. Ist das ein Maori? Lass mich mal sehen.«

Doch Barty dachte nicht daran. Wie Shakespeares Hamlet legte er sich den Schädel auf die flache Hand.

»Sein oder nicht sein!«, rief er mit dröhnender Stimme.

»Vorsicht!«, sagte Johnny nervös.

»Vorsicht was?«, fragte Barty.

»Vorsicht, dass du ihn nicht fallen lässt!«, antwortete Johnny. »Und jetzt gib ihn wieder her!«

Barty grinste. »Hol ihn dir doch, Sinclair!«

Johnny fühlte, wie das Adrenalin in seinen Adern kochte. Er spannte die Muskeln wie ein Puma und stürzte sich auf Barty. Doch der wich geschickt aus.

»Fang, Alfie!«, rief er und warf seinem Kumpel den Schädel im Laufen zu. Sofort stürzte sich Johnny auf Alfie, doch der gab den Schädel zurück an Barty. Barty setzte ein fieses Grinsen auf und warf den Schädel hoch in die Luft. Mit seinem Stiernacken und den langen Armen erinnerte er Johnny an King Kong.

Suchend sah Barty sich um. »Wer zuerst einen Korb wirft!«, rief er und warf Alfie den Schädel zu. Der gluckste dämlich und flitzte über den Schulhof zu den Basketballkörben. Johnny sprintete hinterher. Er hatte Alfie fast eingeholt, da gab der den Schädel wieder an Barty ab. Der Gorilla fing ihn auf und wollte gerade auf den Basketballkorb zielen, als Russell wie ein Nashorn in ihn hineinrannte. Er senkte zum Angriff den Kopf und stieß Barty von den Füßen. In hohem Bogen flog Erasmus über den Platz.

Johnny konnte das scheußliche Geräusch splitternder Knochen fast hören.

Da streckte Millie Edwards die Hände aus, und der Schädel landete sicher in ihren Armen.

Verdutzt sahen die Jungs sie an. Ein schüchternes Lächeln huschte über ihr Gesicht. »Voll schön!«, sagte sie und reichte Johnny den Schädel.

»Danke!« Erleichtert nahm er Erasmus entgegen.

»Na, ich danke auch«, nuschelte der Schädel so leise, dass nur Johnny es hören konnte.

»Was sollen wir Mr Butler sagen, wenn er nächste Stunde fragt, wo ihr seid?«, meinte Johnny mit bösem Grinsen.

Barty und Alfie war der Spaß inzwischen vergangen. »Alter, wenn du uns verpetzt, dann …«

»Dann was?«, fragte Johnny und reckte angriffslustig das Kinn.

»Wir wissen, wo du wohnst«, bellte Barty und zog Alfie mit sich fort.

In diesem Moment klingelte die Pausenglocke, und die nächste Stunde fing an. Johnny, Russell und Millie gingen schweigend zurück ins Schulgebäude.

»Vielen Dank, das war echt nett von dir«, sagte Johnny zu Millie.

»Ja, total cool«, pflichtete Russell ihm eifrig bei.

»Reiner Reflex«, murmelte Millie und verschwand schnell auf dem Mädchenklo.

10. Kapitel

Ein gefährlicher Ausflug

Nach dem Unterricht hatte Johnny es nicht eilig, nach Hause zu kommen. Bestimmt hatte Cécile längst bemerkt, dass er sich den Schädel zurückgeholt hatte, und es war kein verlockender Gedanke, ihr unter die Augen zu treten.

Wie immer ließ er sich auf die letzte Bank des Busses fallen, und wie immer war er fast der einzige Fahrgast. Nur noch zwei ältere Frauen saßen ein paar Reihen vor ihm.

Vorsichtig öffnete Johnny den Rucksack.

»Alles okay bei dir?«, fragte er so leise wie möglich.

»Meinst du das ernst?«, kam es empört zurück. »Nichts ist okay. Oder wie würde es dir gefallen, wenn zwei dahergelaufene Schimpansen mit dir Rugby spielen?«

»Tut mir leid«, meinte Johnny zerknirscht.

»Ich habe bei diesem Affentheater einen Zahn verloren. Reines Glück, dass es nicht mein Unterkiefer war!« Erasmus war stinksauer.

Johnny sah den Schädel erschrocken an. Tatsächlich, der rechte Schneidezahn fehlte!

»Das tut mir leid«, sagte Johnny noch einmal. Doch gleich darauf musste er grinsen. »Die Zahnlücke steht dir sehr gut. Du siehst damit aus wie ein Pirat. Erasmus von Rothenburg, Freibeuter der Meere!«, rief er lauter als beabsichtigt. Sofort drehten sich die beiden Frauen zu ihm um, und Johnny drückte Erasmus tiefer in seinen Rucksack.

Kurz bevor sie zu Hause ankamen, überlegte er, ob es nicht klüger wäre, sich durch die Küche zu schleichen. Die Chance, Cécile zu begegnen, wäre deutlich geringer. Doch dann entschied er sich dagegen. Er beschloss, es gleich hinter sich zu bringen. Lange konnte er ihr ohnehin nicht aus dem Weg gehen. Vorsichtig spähte er in die Eingangshalle und stellte erfreut fest, dass die Kunden vor Céciles Tür Schlange standen.

Er wollte die Halle gerade im Galopp durchqueren, als sich die Tür zu ihrem Sprechzimmer öffnete.

»Lord Sinclair!«, donnerte das Kindermädchen. »Kommen Sie sofort in mein Büro!«

Ihre Stimme duldete keinen Widerspruch. Mit hängenden Schultern trottete Johnny heran.

»Es geht gleich weiter!«, beruhigte Cécile ihre Kunden und zog ihn mit einem Ruck zu sich ins Zimmer.

»Wo ist er?«, zischelte sie zornig und schloss die Tür.

»Wo ist wer?«, fragte Johnny standhaft. Er hätte wissen müssen, dass es nicht klug war, sich dumm zu stellen.

»Mach mich nicht wütender, als ich es sowieso schon bin, John Sinclair!«, fauchte Cécile prompt. »Weißt du, dass es ein schlechtes Omen ist, wenn die Kerze des Wandels erlischt?« Sie deutete vorwurfsvoll auf die blaue Kerze, die Johnny Erasmus vom Kopf gepflückt hatte und die nun in einer Lache aus Wachs auf dem Voodoo-Schrein klebte.

»Und wenn schon«, gab Johnny bockig zurück. »Es war mein Schädel! Ich habe ihn gefunden.«

Cécile holte tief Luft. »Es ist für kleine Jungs gefährlich, ein derartiges Artefakt zu besitzen. Du hast keine Ahnung, worauf du dich einlässt. Ich mache mir Sorgen um dich! Also, wo hast du ihn versteckt?«

Johnny starrte Cécile wütend an. »So ein Quatsch! Ich bin doch kein kleiner Junge mehr. Und du bist bloß sauer, weil dir ein Gegenstand fehlt, mit dem du deine Kunden beeindrucken kannst. Das hast du gestern selber gesagt!«

Cécile war sichtlich empört. »Du glaubst, ich will den Schädel für mich? Nein, mein Lieber. Ich tue es, um dich zu schützen! Weil ich dich liebe! Und weil deine Eltern mich dafür bezahlen, dass ich auf dich aufpasse!« Sie holte tief Luft. »Also, raus mit der Sprache, wo ist dieser verflixte Schädel?«

»Vergiss es!«, sagte Johnny verächtlich. Er glaubte Cécile kein Wort. »Er ist längst weg. Ich habe ihn zurück ins Moor gebracht. Kann ich jetzt gehen?«

Cécile stemmte die Hände in die Hüften und starrte Johnny an. »Gut, von mir aus, geh! Aber ich habe dich gewarnt. Du bist ein solcher Schafskopf!«

Johnny warf ihr einen misstrauischen Blick zu. Sie sah ehrlich besorgt aus. »Es tut mir leid!«, murmelte er und wollte sich gerade an ihr vorbeizwängen, als Cécile ihn in ihre molligen Arme zog.

»Okay, es macht keinen Sinn, dass wir uns wie zwei Ziegenböcke die Köpfe einrennen. Ich habe verstanden, dass du nicht über den Schädel reden willst. Aber nimm dich in Acht. Und wenn du Hilfe brauchst, kommst du zu mir, verstanden?«

»Mach ich«, versprach Johnny und schlüpfte erleichtert aus dem Raum.

»Der hast du es aber gezeigt, was?«, tönte es vergnügt aus dem Rucksack.

Johnny lief hoch in sein Zimmer und stellte den Schädel auf seinen Schreibtisch. »Ich glaube, Cécile hat verstanden, dass ich kein Baby mehr bin, das man so einfach herumkommandieren kann«, sagte er zufrieden.

»Ganz meine Meinung. Ein Mann muss tun, was ein Mann tun muss!«, lobte der Schädel. »Aus dir spricht ein echter Sinclair. Einer, der seine Versprechen hält. Apropos Versprechen. Wann bringst du mich in die Ruine?«

Johnny seufzte. »Du hast es ja mächtig eilig. Falls du eure alte Kammer suchst, die kannst du vergessen. Die meisten Räume liegen in Schutt und Asche.«

»Du denkst wirklich, ich will meinetwegen dorthin?«

Johnny nickte.

»Für wen hältst du mich?«, empörte sich der Schädel. »Ich mache mir bloß Sorgen um dich. Mit einem Schwarm wild gewordener Geister ist nicht zu spaßen. Heute rennen sie brüllend den Flur entlang, und morgen stoßen sie dich aus dem Fenster.«

Johnny sah ihn zweifelnd an. Es war wirklich erstaunlich, wie viele Leute sich heute Sorgen um ihn machten.

»In Ordnung«, sagte er schließlich. »Versprochen ist versprochen. Lass es uns hinter uns bringen, bevor es dunkel wird.« Er steckte seine Taschenlampe ein und klemmte sich Erasmus wie einen Fußball unter den Arm.

»Warte«, hielt ihn der Schädel zurück. »Ich schlage vor, wir gehen zuerst in der Küche vorbei, damit du deine Taschen mit Salz füllen kannst.«

»Salz?«, wunderte sich Johnny.

»Salz!«, antwortete der Schädel. »Sicher ist sicher, du wirst schon sehen.«

Johnny beschlich ein mulmiges Gefühl.

»Hast du dich heute Morgen eigentlich nicht gefragt, warum deine Freundin ihre Jacke falsch herum getragen hat?«, fragte Erasmus, während sie runter in die Küche gingen.

»Meinst du Millie? Sie ist nicht meine Freundin!«, antwortete Johnny schnell.

»Die umgedrehte Jacke könnte auf einen Geisterbefall in ihrem Haus hindeuten.«

»Du meinst, Millie hat auch ein Geisterproblem?«

»Könnte sein, muss aber nicht«, antwortete Erasmus. »So, und jetzt stopf dir so viel Salz in deine Taschen wie möglich.«

Johnny gehorchte stumm und füllte sich je eine Handvoll Salz in seine Jackentaschen. Er wusste zwar noch immer nicht, wozu das gut sein sollte, aber er beschloss, dem Schädel zu vertrauen.

Wenig später standen sie vor den Ruinen von Mordor. Die Tür hatte Johnny nach ihrem letzten Besuch nur angelehnt. Quietschend gab sie den Weg ins Innere des Turms frei.

»Halt mich so, dass ich etwas sehen kann«, bat Erasmus.

Johnny legte den Schädel in seine Armbeuge und knipste die Taschenlampe an. Zögernd setzte er sich in Bewegung. Es war gar nicht leicht, einen sicheren Tritt zu finden, wenn man nichts hatte, woran man sich festhalten konnte. Die Taschenlampe in der einen, den Schädel in der anderen Hand tastete er sich die Wendeltreppe hinunter. Das Tageslicht, das durch die zerborstenen Mauern in den Turm fiel, war nach der zweiten Windung verschwunden. Wie beim ersten Mal schlug ihm ein modriger, kalter Geruch entgegen. Zögernd blieb er stehen.

»Hier muss es gewesen sein«, flüsterte er. »Ab hier haben uns die Schatten verfolgt.«

»Okay, aber jetzt ist kein Schatten zu sehen. Wir können also weiter«, drängte Erasmus.

Johnny setzte mutig einen Fuß vor den anderen. Mit jedem Schritt, den er weiter in das Gewölbe hinabstieg, wurde es modriger und kälter. Im Schein seiner Taschenlampe sah er, dass ihm der Atem in einer weißen Wolke vor dem Mund stand.

»Gleich haben wir es geschafft«, machte Erasmus ihm Mut.

Aber Johnny brauchte niemanden, der ihm Mut machte. Er brauchte frische Luft und Sonnenstrahlen auf seiner Haut. Trotzdem stapfte er weiter voran. Schließlich hatten sie das Ende der Treppe erreicht. Die dunklen Mauern des Gewölbes glänzten vor Feuchtigkeit, und ein Rudel Ratten huschte im Schein der Taschenlampe davon. Johnny hatte seinen Fuß gerade auf den ausgetretenen Lehmboden gesetzt, da ertönte plötzlich ein markerschütternder Schrei.

»Arrrgh!« Funken sprühten, als der Highlander sein Schwert direkt neben ihm in den Fels hieb.

»Ahhhhhh!«, schrie auch Johnny. Er wollte auf der Stelle die Flucht ergreifen, doch der Schädel hielt ihn zurück.

»Das Salz!«, rief er. »Wirf ihm das Salz ins Gesicht!«

Doch darauf wollte der Highlander nicht warten. Brüllend startete er einen zweiten Angriff. Wieder schlug sein Schwert auf Stein, und wieder sprühten die Funken in alle Richtungen. Doch diesmal war Johnny vorbereitet. Er zog seine Faust aus der Tasche und schleuderte ihm das Salz entgegen. Plötzlich bekam die Geistererscheinung Risse. Grüne Plasmafäden stiegen von ihm auf, und der Highlander fing an sich aufzulösen.

»Gut gemacht«, lobte der Schädel.

Johnny konnte sein Glück kaum fassen. Ein ungeahntes Hochgefühl machte sich in ihm breit. Schon erstaunlich, was so ein bisschen Salz bei Geistern anrichtete!

Erasmus schien genauso erfreut wie Johnny. »Ich habe selten einen so tapferen Jungen gesehen«, lobte er.

Johnny bekam vor Freude ganz rote Ohren. »Habe ich ihn vernichtet?«, fragte er.

»Vernichtet nicht. Aber du hast ihn vertrieben, und das ist schon mal ein guter Anfang.«

»Heißt das, er kommt wieder?«

»Vielleicht, vielleicht auch nicht.«

»Was heißt *vielleicht, vielleicht auch nicht?* Heißt das, er lauert mir womöglich auf, wenn ich heute Nacht vom Klo komme?« Und futsch war das erhabene Gefühl des Triumphs!

»Wenn du willst, dass der Spuk ein Ende hat, musst du sie in ihrem Versteck aufspüren!«, erklärte Erasmus. »Geister haben meistens einen Rückzugsort, an dem sie den Tag verschlafen. Friedhöfe, Spukhäuser oder Burgverliese sind dafür bestens geeignet.«

Johnny schluckte. Es war noch eine Spur kälter geworden. Trotzdem tappte er weiter durch das dunkle, feuchte Gewölbe, in dem die Spinnennetze wie nasse Wäschestücke von der Decke hingen.

»Sie müssen ganz in der Nähe sein«, flüsterte Erasmus.

In Johnnys Ohren klang das wie eine Drohung. »L...L...Lange halte ich es hier unten nicht mehr aus«, bibberte er.

»Das musst du auch nicht. Ich wette, wir sind ihnen dicht auf den Fersen. Sieh mal da!« Erasmus blickte auf einen schmalen Mauerbogen, aus dem grünes, schimmeliges Licht fiel.

»Dahinter ist das Angstloch«, flüsterte Johnny. »Ein Tourist ist dort vor Jahren einmal kopfüber hineingefallen. Deshalb wurde der Turm verschlossen.«

»Na, das nenne ich mal einen anständigen Ort für Geister«, sagte der Schädel anerkennend.

Johnny lief eine Gänsehaut über den Rücken. »Wollen wir nicht doch lieber umkehren?«, wisperte er.

»Klar, aber vorher müssen wir uns davon überzeugen, dass wir ihr Versteck wirklich gefunden haben. Los, lass uns nachsehen.«

»Und was, wenn das wirklich ihr Versteck ist?«, zischelte Johnny.

»Dann wissen wir Bescheid, und unser Angriff wird sie eiskalt erwischen!«

»Was für ein Angriff? Ich habe gerade mal eine Handvoll Salz übrig!« Johnny spürte deutlich, wie ihn der Mut verließ.

»Okay, okay ... Trotzdem sollten wir uns die Sache ansehen! Na los! Bevor sie merken, dass wir vor ihrer Haustür stehen.«

Johnny griff in seine Jackentasche und hielt das restliche Salz fest in seiner Faust. Warum hatte er nicht mehr als zwei Handvoll mitgenommen? Zwei Tonnen davon hätten ihre Chancen sicher deutlich erhöht.

Trotzdem näherte er sich dem grünlichen Licht und schlüpfte durch den Torbogen in den angrenzenden Raum. Zu seiner Verwunderung war der Raum vollständig leer. Nur in der Mitte befand sich ein kreisrundes Loch. Es war nicht gesichert, und Johnny konnte sich gut vorstellen, dass eine Unachtsamkeit genügte, um dort hineinzufallen.

Das Salz fest in der Hand, trat er bis an den Rand des Angstlochs und schaute hinein. Und wirklich, da waren sie! Tommy Drum, das Geistermädchen, der Uhrmacher und der tanzende Kilt. Als würden sie im Wasser treiben, schwebten sie schwerelos durch den Raum. Bleich und durchscheinend, bis es Zeit war, sich zu erheben und von Neuem durch die Gänge der Burg zu streifen.

Johnny schüttelte sich. Die Kälte, die aus dem Angstloch aufstieg, fraß sich durch seine Jacke und ließ seine Zähne wie eine Nähmaschine klappern. Dabei löste sich etwas Salz aus seiner Hand und fiel in das Loch. Es waren nur wenige Körnchen, doch ihre Wirkung war fatal.

Die Geister, die eben noch schwerelos durch den Raum getrieben waren, erwachten. Sie zuckten zusammen, als hätte sie der Blitz getroffen, und fingen an zu kreisen. Schneller und immer schneller drehten sie sich umeinander. Ihre Konturen verschwammen zu einer einzigen Farbschliere, die sich in einer Spirale nach oben wand.

»Verdammt!«, rief der Schädel. »Nichts wie weg!«

Johnny zögerte keine Sekunde. Er hechtete zu der schmalen Öffnung in der Mauer und schrie im nächsten Moment schmerzhaft auf.

Vor ihm stand der Schwert schwingende Highlander und fletschte die Zähne. Obwohl er ein Geist war, sah er verdammt echt aus. Sein Hemd und sein Bart waren zwar löchrig vom Salz, das Johnny ihm entgegengeschleudert hatte, aber das schien seine Angriffslust nur noch gesteigert zu haben.

Johnny hielt sich die schmerzende Hand, mit der er die Geistererscheinung berührt hatte. Eine blaugraue Frostbeule machte sich darauf breit.

»Was jetzt?«, fragte er mit bebender Stimme und hielt Erasmus fest im Arm. Seine Taschenlampe war längst zu Boden gefallen und erloschen. Doch von dem Geist ging jenes fluoreszierende Licht aus, wie man es gemeinhin kannte.

»Wir müssen hier raus!«, flüsterte der Schädel. »Lauf! Bevor das Angstloch sie alle ausgespuckt hat!«

Und Johnny lief. Blitzschnell tauchte er zwischen den Beinen des Highlanders hindurch und stürzte sich kopfüber in die Dunkelheit, nur raus aus diesem schrecklichen Raum.

»Warum habt ihr das getan, junger Lord?« Anklagend folgte ihm die brüchige Stimme des Uhrmachers.

»Er wollte uns umbringen, Mr Hopkins«, antwortete eine zickige Mädchenstimme in gälischem Singsang.

Johnny wurde heiß und kalt zugleich. Hastig stolperte er durch den dunklen, feuchten Gang und hatte Mühe, nicht auszurutschen.

»Auf zur Hasenjagd!«, hallte da die Stimme des Highlanders durch das Gewölbe. »Unser kleiner feiner Lord wird sicher mit Vergnügen den Hasen mimen!«

»Au ja!«, raunten die übrigen Gespenster, und Tommy Drum unterstrich das Ganze mit ein paar Trommelwirbeln.

»Wer ihn als Erster erwischt, kann ihn behalten!« Und damit war die Jagd eröffnet.

11. Kapitel

Die Kammer des Alchemisten

Mehr tastend als sehend tappte Johnny durch das Gewölbe. Vorbei an alten Fässern und Holzbänken, zwei Stufen nach unten und vier Stufen hinauf. Immer eine Hand am Mauerwerk, bog er mal nach links in einen niedrigen Gang, dann wieder nach rechts und geradeaus.

»Warte!«, flüsterte Erasmus immer wieder. »Ich glaube, ich erinnere mich! Nein, hier war es nicht.«

Sofort änderte Johnny die Richtung.

»Nach rechts!«, rief Erasmus. »Nein, doch nach links! Warte!«

Nur wenige Meter von ihnen entfernt marschierte Tommy Drum lautlos an ihnen vorbei. Der Geisterschein, der ihn umgab, leuchtete blass, aber er reichte aus, um sich zu orientieren.

»Siehst du die eisenbeschlagene Tür gegenüber?«, flüsterte der Schädel. »Sie ist nur angelehnt. Dahinter ist die Kammer, nach der wir gesucht haben.«

Johnny hatte zwar nach keiner Kammer gesucht, aber wenn sie dahinter sicher waren, dann nichts wie rein! Er wollte gerade rüberflitzen, da tauchte das Geistermädchen vor ihnen auf. Rückwärts schwebte sie heran, und ihre Füße verloren sich in einem grünen Nebel.

»Er ist hier!«, hallte ihre helle Stimme durch das Kellergewölbe. Und im nächsten Moment hatten sich auch die anderen Geister von Greyman Castle eingefunden.

»Herzlichen Glückwunsch«, knisterte die trockene Stimme des Uhrmachers. Er konnte seine Enttäuschung nur schwer verbergen.

»Er gehört dir!«, knurrte der Highlander.

»Ich weiß. Und deshalb werde ich ihn mir jetzt ganz genau ansehen«, versprach das Mädchen, und ihre Stimme strich wie der Wind durch die unterirdischen Gänge.

Ein kurzes Keuchen kam über Johnnys Lippen. Der welke Blumenkranz in ihrem Haar saß diesmal auf den Fetzen eines zarten Schleiers. Unter keinen Umständen wollte er dieser Erscheinung ins Gesicht sehen.

»Fresser-Alarm!«, schrie der Schädel ganz plötzlich. Sofort wirbelten die Geister herum, und Johnny hatte sich wieder unter Kontrolle.

»In die Kammer!«, rief Erasmus.

Ohne zu überlegen, stürmte Johnny los. Mit Anlauf schlitterte er durch die offene Tür in die schützende Kammer.

»Verrat!«, tobte der Highlander, und alle Geister stürzten hinter Johnny her. Kurz vor der Tür blieben sie abrupt stehen.

»Warum kommen sie nicht rein?«, fragte Johnny schnaufend und stolperte rückwärts bis zur Wand.

»In Tür und Boden wurde ein Band aus Eisen gelegt. Besucher aus der Zwischenwelt können diese Schwelle nicht überschreiten«, erklärte Erasmus.

»Tatsächlich?« Johnny ließ sich auf eine alte, ebenfalls mit Eisen beschlagene Truhe sinken und rieb seine Hand.

»Wie geht es dir?«, fragte Erasmus.

»Es geht, die Hand tut ein bisschen weh!«

»Du hast Glück, dass du ihn nur so kurz berührt hast«, meinte der Schädel. »Es ist kein ernsthafter Schaden entstanden, und der Schmerz geht bald vorbei.«

»Das Mädchen …«, murmelte Johnny. »Sie trug diesmal einen Schleier.«

»Vergiss, was du gesehen hast«, antwortete der Schädel.

»Das kann ich nicht«, sagte Johnny.

»Dann lerne es. Geisterjäger müssen vergessen können! *Fresser-Alarm!*«, krähte der Schädel gleich darauf, um Johnny auf andere Gedanken zu bringen. »War das nicht genial?«

Johnny lächelte zaghaft. »Was bedeutet Fresser-Alarm?«

»Alarmstufe Rot, würde ich sagen! Fresser patrouillieren durch den lichtlosen Raum und warten nur darauf, dass sich eine Tür in unsere Welt öffnet, durch die sie schlüpfen können. Das Ektoplasma der Spukgestalten ist ihre Leibspeise.«

»Sie saugen die Geister aus?«

»So könnte man es ausdrücken.«

Johnny dachte einen Moment nach. »Guter Trick, das mit dem Fresser-Alarm!«, lobte er dann.

Vor der offenen Tür lösten sich die Geister inzwischen wie vor einem Schaufenster ab. Immer wieder warfen sie schwefelgelbe und giftig-grüne Blicke zu ihnen herein. Der tanzende Kilt versuchte ein paarmal, über die Schwelle zu wirbeln, gab es aber irgendwann auf.

»Wo sind wir hier?«, fragte Johnny. Langsam fing er an, sich sicher zu fühlen.

»In der Alchemistenkammer, dem Ort der Transmutation, der Forschung und der Lehre. Es ist zwar verdammt staubig, aber eigentlich sieht es hier aus wie an dem Tag, als die Engländer kamen. Die Goldklumpen, die Ludbert hergestellt hat, haben sie allerdings mitgehen lassen.«

Johnny wischte den Staub beiseite und stellte Erasmus auf den Tisch. »Hat es wirklich geklappt?«, fragte er.

»Was?«

»Das mit dem Gold.«

»Sicher, sonst wären wohl keine Goldklumpen dabei herausgekommen.«

Johnny sah sich in der Kammer um. Viel zu sehen gab es nicht. In einer Ecke stand ein Bett, das selbst für ihn zu kurz war. Dazu ein Tisch, ein Stuhl und die große Truhe, auf der er gesessen hatte. An der Stirnwand befand sich ein grob gezimmertes Regal, in dem verschimmelte ledergebundene Bücher und seltsame Apparate standen.

Vor der Tür patrouillierten noch immer die Geister auf und ab und warfen lauernde Blicke in die Kammer. Johnny, der sich inzwischen sicher fühlte, schnitt ihnen ein paar Grimassen, was sie mächtig in Rage versetzte. Dann wandte er sich wieder an Erasmus.

»Hier sieht es gar nicht aus wie in einer Alchemistenstube«, meinte er.

»Ach, tatsächlich?«, antwortete Erasmus brummig. »Nach ein paar Hundert Jahren ist eben nicht mehr viel übrig. Sieh mal in der Truhe nach. Wenn etwas die Jahrhunderte überdauert hat, ist es mit Sicherheit dort drin.«

Johnny hob den schweren Deckel an. »Ich seh nichts. Es ist zu dunkel.«

»Dort drüben liegt eine Kerze«, sagte Erasmus. »Du hast nicht zufällig ein Feuerzeug dabei?«

Johnny schüttelte den Kopf. Doch dann fiel ihm der letzte Restaurantbesuch mit seinen Eltern ein. Auf dem Tisch hatte ein Werbekärtchen mit Streichhölzern gelegen, und er hatte es heimlich eingesteckt. Er tastete in der Innentasche seiner Jacke – tatsächlich, sie waren noch da. Schnell zündete Johnny die Kerze an und leuchtete in die Truhe. »Wow, die ist ja voll bis obenhin!«, staunte er.

»Leg alles hier auf den Tisch!«, befahl Erasmus.

»Als Erstes ist hier jede Menge Eisen«, sagte Johnny und zog zwei schwere Eisenketten aus der Truhe.

»Sehr schön. Solltest du jemals von Geisterwesen angegriffen werden, bist du nirgends so sicher wie in einem Ring aus Eisen. Merk dir das!«

»Mach ich!«

»Was ist sonst noch drin?«

»Seile, ein ... das könnte ein Sextant sein und ein seltsamer Stein.« Johnny legte den schimmernden rauchgrauen Stein auf den Tisch.

»Ich wusste doch, dass er noch hier ist!« Erasmus war plötzlich ganz aufgeregt. »Das ist ein Mondstein. Er fördert die Intuition und ... Gib ihn mal her!«

Johnny zögerte. Er hatte keine Ahnung, wie er einem Schädel etwas übergeben sollte.

»Leg den Stein in mein linkes Auge!«, sagte Erasmus ungeduldig.

»In dein Auge?«

»Nun mach schon!«

Johnny versuchte den Stein in Erasmus' Auge zu platzieren, aber er passte nicht.

»Das andere Links!«, rief der Schädel gereizt.

Johnny probierte das andere Auge, und siehe da: Der Stein rollte beinahe von selbst hinein.

»Wow«, sagte Johnny. »Wie fühlst du dich?«

Erasmus sah ungeheuer zufrieden aus. »Ich fühle mich großartig«, brummte er nach einer Weile. »Ich weiß nicht, wie viele Jahre ich auf diesen Augenblick gewartet habe. Der Stein gibt mir ein Stück Beweglichkeit zurück.« Er starrte die schwere Eisenkette an. Erst zuckte sie nur leicht, doch dann glitt sie Zentimeter für Zentimeter auf ihn zu.

Johnny traute seinen Augen nicht.

»Ist das ein Magnet?«

»Nein, es ist allein die Kraft des Mondes«, erklärte der Schädel. »Er ist in der Lage, die Meere anzuheben, wie du hoffentlich weißt. Und ein Teil seiner Kraft steckt in diesem Stein.«

Johnny war schwer beeindruckt.

»Sieh nach, was sonst noch in der Kiste steckt.«

»Ein Schafsfell, ein rostiges Schwert und ein Klumpen irgendwas ...« Er legte den schwarzen Klumpen auf den Tisch und sah ihn misstrauisch an.

»Das ist Hexenpech«, erklärte Erasmus. »Man kann es für mancherlei Zauber gebrauchen. Heutzutage ist das Zeug kaum noch zu bekommen.«

»Aha«, machte Johnny und beugte sich noch einmal über die Truhe. »Das war's«, sagte er, nachdem er noch einmal alles gründlich ausgeleuchtet hatte.

»Das war alles? Sieh noch einmal genau nach.«

Johnny tastete bis auf den Grund der Truhe.

»Alles leer! Nein, warte ... Hier ist ein Stück Stoff. Es ist verschnürt wie ein Paket.«

»Hol es raus ... Hol es raus ...« Erasmus wurde noch aufgeregter.

Johnny legte das Paket auf den Tisch. Es war in graues Leinen gewickelt und mit Lederbändern verschnürt.

»Mach es auf!«, verlangte Erasmus.

Johnny gab sein Bestes, aber die Lederriemen waren über die Jahre aufgequollen und ließen sich mit den Fingern nicht lösen. »Ohne Schere kommen wir hier nicht weiter«, meinte er. Dann ging er noch einmal zur Kammertür und ärgerte die Geister mit ein paar besonders gelungenen Grimassen. Voller Wut prallte der Highlander gegen die unsichtbare Barriere und hinterließ einen schwarzen Schleim, der zischend wie Säure zu Boden tropfte. Johnny wich vorsichtshalber ein paar Schritte zurück. »Was ist das?«, fragte er angeekelt.

»Das ist ihr Ektoplasma«, antwortete Erasmus. »Geister bestehen zu 92% aus dieser Substanz. Wenn sie sehr wütend sind, ist es schwarz wie die Nacht.«

»Wenn sie sehr wütend sind ...?« Plötzlich fiel Johnny ein, dass er ja irgendwann auch mal wieder nach Hause musste. Und im Moment saßen sie hier fest. Mit einem Haufen wütender Geister vor der Tür.

»Sieh noch einmal in die Kiste«, forderte ihn der Schädel auf.

»Warum? Sie ist leer«, sagte Johnny.

»Sieh trotzdem noch einmal nach. Achte auf ein loses Brett oder einen Mechanismus …«

»Suchst du nach etwas Bestimmtem?«

»Allerdings«, brummte der Schädel.

»Und wonach?«

»Nichts, womit du etwas anfangen könntest. Es sind bloß ein Haufen Papiere, alte Aufzeichnungen …«

»Alte Aufzeichnungen, soso. Ich wette, es sind Schatzkarten oder so was.«

»Sind es nicht. Die Aufzeichnungen haben für dich keinerlei Wert.«

»Wie kommt es dann, dass ich dir nicht glaube?«, fragte Johnny.

»Das liegt daran, dass du ein kleiner, rotzfrecher Windelpupser bist!«, platzte Erasmus heraus.

»Den Windelpupser nimmst du zurück«, verlangte Johnny. »Sonst habe ich vielleicht keine Lust mehr zum Weitersuchen.«

»Der Windelpupser bleibt. Ich nehme kein Wort zurück. Es sei denn, du möchtest die Nacht hier unten verbringen.« Der Schädel grinste.

Johnny lief vor Wut rot an. Was bildete sich dieser modernde Kerl eigentlich ein? Er war ein Schädel, weiter nichts! Leider musste er einsehen, dass Erasmus am längeren Hebel saß. Noch!

»Na gut«, gab Johnny nach. Er leuchtete noch einmal die

Truhe aus. Klopfte, tastete und schüttelte dann den Kopf. »Sie ist leer. Können wir jetzt gehen?«

»In Ordnung!«, murmelte der Schädel, und man konnte ihm die Enttäuschung deutlich anhören. »Aber wir kommen wieder. Auch in deinem eigenen Interesse.«

Johnny grinste spöttisch. »Was sollte ich für ein Interesse daran haben wiederzukommen?«

»Die Antwort auf deine Frage wirst du dir spätestens morgen früh selbst geben können«, erwiderte Erasmus genüsslich.

»Soll das heißen, es gibt hier unten etwas, das ich unbedingt brauche, um ...«

»Nein, nein«, sagte der Schädel schnell. »Nicht unbedingt. Es kommt ganz darauf an, wie flink du bist. Trotzdem wäre es schön, wenn dir dieses Hilfsmittel bei der nächsten Geisterjagd zur Verfügung stünde. Und jetzt lass uns gehen.«

Johnny zögerte. »Ähm, vielleicht sollten wir uns doch noch einmal in aller Ruhe umsehen?«

»Morgen«, antwortete Erasmus müde. »Von der Kerze ist nur noch ein Stummel übrig, und du willst doch zurück in dein Zimmer, oder?«

12. Kapitel

Ein mittelalterliches Starterpaket

Suchend sah sich Johnny in der Kammer des Alchemisten um. Natürlich wollte er hier wieder raus. Aber er konnte beim besten Willen keine zweite Tür entdecken. Und die, durch die sie hereingekommen waren, konnten sie ganz offensichtlich nicht nehmen. Denn davor drängten sich noch immer die Geister von Greyman Castle.

»Ich hoffe, du hast eine Idee, wie wir hier wieder rauskommen«, sagte er.

»Hinter dem Regal ist ein geheimer Gang. Du musst eins der Regalbretter anheben, um den Mechanismus zu betätigen«, antwortete der Schädel.

»Welches Brett ist es?«, fragte Johnny eifrig.

Genervt rollte Erasmus mit seinem Mondsteinauge. »Woher soll ich das wissen? Es ist über vierhundert Jahre her, seit ich das letzte Mal hier unten war.«

Johnny hob Brett für Brett an. Beim allerletzten gab es ein klickendes Geräusch, und das schwere Regal glitt einfach zur Seite. Dahinter befand sich eine winzige Kammer. Johnny schnappte sich den Kerzenstummel und leuchtete in die Dunkelheit. Die Kammer war nicht größer als ein Kleiderschrank, aber es führten zwei Stufen hinauf in einen Gang. »Warum seid ihr nicht durch diesen Gang abgehauen, als die Engländer kamen?«, wollte Johnny wissen.

»Machst du Witze? Wie stellst du dir dieses Abhauen vor? Hätte ich rollen sollen?«

»Dein Kumpel hätte dich mitnehmen können.« Johnny fand diesen Gedanken gar nicht so abwegig.

»Er war nicht mein Kumpel!«, sagte der Schädel bestimmt. »Er war ein schmieriger, gieriger Kerl, der über Leichen ging, wenn es seinen Interessen nützte.«

»Und woran war er interessiert?«

»Am ewigen Leben.«

»Wow, eine Nummer kleiner ging's wohl nicht, oder?«

Johnny klemmte sich das Leinenpäckchen und Erasmus unter den Arm und kletterte durch die Öffnung in der Wand.

Er musste den Kopf einziehen, um nicht gegen die niedrige Decke zu stoßen. Die Luft war feucht und stickig. Mutig ging Johnny voran, bis sie an eine Treppe kamen. Die steinernen Stufen führten in engen Windungen nach oben und endeten direkt vor einer niedrigen Tür. »Sind wir hier richtig?«, fragte Johnny.

»Sicher. Ich glaube nicht, dass man sich auf einer Treppe verlaufen kann«, knurrte der Schädel.

Johnny stemmte sich gegen die Tür, und sie schwang lautlos auf. Er staunte nicht schlecht, als er feststellte, dass sich der geheime Zugang ausgerechnet im hohen Kamin der Bibliothek befand. »Das könnte eine heiße Angelegenheit werden«, meinte er und stieg über ein paar Holzscheite hinweg, die dort zur Dekoration lagen. Wie von Geisterhand schloss sich die Tür hinter ihm. Johnny schüttelte ungläubig den Kopf. »Warum habe ich nichts davon gewusst?«

»Es könnte daran liegen, dass es sich um einen Geheimgang handelt. Aber sei beruhigt. Ich glaube nicht, dass überhaupt jemand von diesem Fluchttunnel weiß.«

»Gibt es in der Burg noch mehr solcher Geheimgänge?«, wollte Johnny wissen.

»Mit Sicherheit. Allerdings sind sie mir nicht bekannt«, antwortete Erasmus. »Wir werden zu deinem Zimmer also die stinknormale Treppe nehmen müssen.«

Und das taten sie. Dort angekommen schloss Johnny sofort die Tür und machte sich daran, das geheimnisvolle Paket auszupacken. Mit seinem Taschenmesser zerschnitt er die Lederschnüre und schlug das Leinen auseinander. Gespannt betrachtete er das Sammelsurium von Gegenständen. Er hatte keine Ahnung, was er damit anfangen sollte.

»Was ist das alles?«, fragte er.

Erasmus lächelte zufrieden. »Heutzutage würde man wohl sagen, das ist ein Starterpaket für Geisterjäger«, antwortete er.

Neugierig betrachtete Johnny die seltsamen Dinge. »Ist das irgendein Schmuck?« Er hielt eine Halskette in die Höhe, an der ein gezacktes, rostiges Etwas baumelte.

»Das ist die Schwinge des Phönix, ein Amulett. Es ist aus Eisen und müsste dringend mal wieder poliert werden.«

Johnny schob das unansehnliche Stück Schrott beiseite. »Und was soll das darstellen?« Er hielt ein gebogenes Horn in der Hand, das mit einem Silberstöpsel verschlossen war.

»Das ist ein Salzhorn«, erklärte Erasmus. »Darin wird Steinsalz aufbewahrt. Man benötigt es, um einen Schutzkreis zu ziehen oder um Geister in die Flucht zu salzen.«

»Okay, und was ist hiermit?« Johnny griff nach einem silbernen Netz, dessen Rand mit winzigen Kettengliedern verstärkt war. Probehalber ließ er es um seinen Finger kreisen. Sofort fing es an, sich wie ein Pizzateig zu entfalten.

»Bravo!«, rief der Schädel. »Du hast eindeutig Talent.«

Johnny lachte. »Wozu? Ich habe keine Ahnung, was das ist.«

»Das nennt man Wurfnetz«, erklärte Erasmus. »Man wirft es über die Geistererscheinung und nagelt sie damit auf der Stelle fest.«

»Und dann?«

»Tja, dann könntest du das Ding gebrauchen, nach dem wir vorhin vergeblich in der Kammer gesucht haben.«

»Klingt kompliziert.«

»Ist es nicht, aber es braucht Übung. Du musst treffsicher sein und das Netz wie ein Lasso werfen können. Es ist schließlich kein Pappenstiel, mit einem ganzen Schwarm Geister fertigzuwerden.«

Johnny ließ das Netz nachdenklich um seinen Finger kreisen. Erasmus hatte recht, er musste die Geister von Greyman Castle vertreiben.

»Ja, denk in Ruhe darüber nach«, sagte Erasmus. »Ich will dich in keiner Weise beeinflussen. Aber wenn du die Typen loswerden willst, musst du sie jagen. Und nicht darauf warten, dass sie dich heimsuchen.«

Das klang logisch. Trotzdem war Johnny noch immer nicht sicher. »Und du glaubst, ich schaffe das ganz allein? Oberinspektor Sinclair von Scotland Yard hat ein ganzes Team, das ihn unterstützt.«

»Natürlich wäre es besser, wenn du jemanden an deiner Seite hättest«, gab der Schädel zu. »Es ist immer gut, wenn man einen Partner hat, der einem den Rücken freihält. Aber wer könnte das in deinem Fall sein?«

Vielleicht Russell, fuhr es Johnny durch den Kopf. Doch schnell verwarf er den Gedanken wieder. Russell würde sich vor lauter Angst in die Hosen machen, wenn er einem leibhaftigen Geist gegenüberstehen sollte. Leider fiel ihm niemand anderer ein, den er zu seinem Assistenten machen konnte. Einen winzigen Moment dachte er sogar an Cécile. Doch die kam noch viel weniger infrage als Russell. Es wäre einfach beschämend, mit seinem Kindermädchen auf Geisterjagd zu gehen.

Johnny seufzte. »Okay, ich habe zwar noch keinen Partner, aber ich kann doch trotzdem anfangen zu üben, oder?«

»Natürlich, je früher du damit anfängst, desto besser«, bestätigte Erasmus.

»Okay, wann ist der beste Zeitpunkt?«

»Der beste Zeitpunkt war ... gestern. Heute ist der zweitbeste Zeitpunkt. Mit der Geisterjagd ist es wie mit dem Radfahren. Man lernt es nur durchs Üben«, erklärte Erasmus.

»Du meinst, ich soll noch heute Nacht auf Geisterjagd gehen?«

»Na klar!«

So klar wie für Erasmus war die Sache für Johnny nicht. Trotzdem hängte er sich das rostige Amulett um den Hals. Es konnte ja nicht schaden. Und vielleicht half es ihm, einen Entschluss zu fassen.

»Ich werde noch einmal darüber nachdenken!«, versprach er dem Schädel.

»Was baumelt dir denn da um den Hals?«, fragte Cécile beim Abendessen.

Erst jetzt fiel Johnny auf, dass er vergessen hatte, das Amulett wieder abzunehmen. »Ach, das habe ich gefunden«, murmelte er.

»Es sieht aus wie ein Amulett.« Cécile nahm den Anhänger in die Hand und betrachtete ihn von allen Seiten. Sie seufzte. »Chéri, wenn du vor den Seelen Verstorbener sicher sein willst, häng dir die Hasenpfote um, die ich dir gegeben habe. Und nicht dieses hässliche Stück Eisen.«

»Geister hassen Eisen!«, verteidigte sich Johnny.

»Geister hassen Hasenpfoten noch viel mehr«, beharrte Cécile. »Oder hast du schon mal davon gehört, dass jemand Opfer einer Geisterattacke wurde, während er eine Hasenpfote um den Hals trug?«

»Nein«, gab Johnny zu. »Aber das liegt daran, dass niemand außer dir Hasenpfoten und Hühnerfüße um den Hals trägt.«

»Schnickschnack. Ich werde nachher dein Zimmer und den Flur ausräuchern. Meine Schwester hat mir Magic Fire geschickt. Ein Duft, der sogar Zombies in ihre Gräber zurückkehren lässt.«

Und sie hielt Wort. Gleich nach dem Abendessen tauchte

Cécile mit einem Bündel Räucherstäbchen und ihren haitianischen Kürbisrasseln in Johnnys Zimmer auf. Es gelang ihm gerade noch, den Schädel unter das Bett zu rollen, bevor die Mambo mit ihrem Austreibungsritual begann. In einem monotonen Singsang, mit dampfenden Räucherstäbchen, deren Geruch Johnny an verbrannte Kuhfladen erinnerte, reinigte sie sein Zimmer. Kein Wunder, dass sich Zombies lieber in ihre Gräber verdrückten. Das hätte Johnny an ihrer Stelle auch getan, aber ihm blieb nichts anderes übrig, als zu warten, bis Cécile ihr Ritual beendet hatte. Und dann gründlich zu lüften.

Kaum war sein Kindermädchen fort, holte er den Schädel unter dem Bett hervor und stellte ihn auf seinen Schreibtisch. Es war bereits dunkel, und mit jeder Minute, die verging, wuchsen seine Zweifel, ob es tatsächlich nötig war, noch heute Nacht mit der Geisterjagd anzufangen.

»Sag bloß, du willst kneifen?«, stichelte Erasmus.

»Nein, aber es war ein anstrengender Tag«, verteidigte sich Johnny.

»Und er ist noch nicht zu Ende. Man sollte nie mit einem Misserfolg aufhören.«

»Was denn für ein Misserfolg?«, fragte Johnny gereizt.

»Na, wenn ich mich richtig erinnere, haben wir uns wie die Wanderratten durch einen geheimen Gang davongestohlen. Anstatt den Flatterlaken endlich zu zeigen, wer der Herr auf der Burg ist.«

Johnny seufzte. Erasmus hatte recht. Die Begegnung mit den Geistern hatte sich tatsächlich eher nach Flucht als nach einem Erfolg angefühlt. Mit dem Ergebnis, dass er sie jetzt noch ein bisschen mehr fürchtete als vorher.

»Also gut. Hast du einen Plan?«

»Du suchst dir den Schwächsten von ihnen aus und knöpfst ihn dir vor. Mit dem Uhrmacher dürfte es nicht allzu schwierig werden.«

»Da hast du vermutlich recht. Aber ich kann Mr Hopkins doch nicht ein zweites Mal umbringen.«

»Wer redet denn von Umbringen? Die meisten Spukgestalten sehnen sich nach Ruhe und Frieden. Sie sind froh, wenn sie endlich erlöst werden.«

»Okay, und wie soll dieses Erlösen aussehen?«

»Das ist von Fall zu Fall verschieden. Du musst ja nicht gleich drauflosballern. Meistens reicht ein kleines Gespräch, um zu erfahren, wo der Schuh drückt. Ich kannte mal einen Fall, da spukte jemand seit über fünfzehn Jahren auf dem Friedhof herum, bloß weil er den Geruch der Blumen nicht ausstehen konnte, die man ihm aufs Grab gepflanzt hatte.«

»Du hast recht. Ich werde es mit Mr Hopkins versuchen. Er macht tatsächlich keinen allzu gefährlichen Eindruck. Und vielleicht will er auch bloß reden. Aber vorher gehe ich in der Küche vorbei. Etwas Salz kann bestimmt nicht schaden.«

»Du lernst sehr schnell«, grinste Erasmus.

13. Kapitel

Übung macht den Meister

Es war bereits kurz vor Mitternacht, als sie sich auf den Weg machten. Johnny hatte noch schnell einen Frühstücksbeutel mit Salz gefüllt und sich das eiserne Amulett um den Hals gehängt. Sicher war sicher. Erasmus von Rothenburg steckte er in die Kapuze seines Hoodies. Johnny fühlte sich deutlich wohler, wenn er den Schädel dabeihatte. Auch wenn der wenig für ihn tun konnte, außer klug daherzureden.

Die Taschenlampe in der einen, den Beutel Salz in der anderen Hand schlich Johnny die Treppen hinauf, bis fast unter das Dach. Hier befand sich das Uhrwerk, das die großen Zeiger so zuverlässig über das goldene Ziffernblatt wandern ließ. Seit Mr Hopkins' Tod kümmerte sich niemand mehr um die alte Uhr, und ihre Zeiger standen beständig auf fünf vor zwölf.

Die Etage, in der sich das Uhrwerk befand, war genauso dunkel wie alle übrigen Stockwerke, die nicht bewohnt waren. Um Geld zu sparen, hatte man auf die Nachtlichter verzichtet, die den Flur vor Johnnys Zimmer oder den Treppenturm beleuchteten.

Der junge Schotte betrat vorsichtig das Dachgeschoss und blieb gleich darauf stehen. »Perfektes Timing!«, murmelte er und drehte sich kurz um, damit auch Erasmus den bläulichen Schimmer der Erscheinung sehen konnte. Dann schlich er leise darauf zu.

Der Uhrmacher hielt einen großen Reparaturschlüssel in der Hand und schimpfte leise vor sich hin. Der Schlüssel war genauso unwirklich wie er selbst und als Werkzeug nicht zu gebrauchen.

»Er scheint ein Brabbler zu sein!«, flüsterte der Schädel. »Verwickle ihn in ein Gespräch, dann kannst du dir das Salz vielleicht sparen.«

Johnny schluckte. Verwickle ihn in ein Gespräch? Das konnte auch nur jemand sagen, der ganz entspannt in einer Kapuze hockte. Trotzdem ging er ein paar Schritte auf den Uhrmacher zu.

»Guten Abend, Mr Hopkins!«, versuchte es Johnny.

Die bläuliche Aura des Geistes fing an zu pulsieren und wechselte in ein dunkles Violett. »Ah, der junge Lord Sinclair!«, tönte die greisenhafte Stimme. »Was verschafft mir das Vergnügen?«

Vielleicht irrte sich Johnny, aber er hatte das Gefühl, als läge etwas Lauerndes in Mr Hopkins' Stimme.

»Ähm ... ich ... ich ...«

»Verstehe, du willst mir Gesellschaft leisten. So wie an jenem Abend, als du mich aus dem Fenster gestoßen hast!« Die Stimme des Uhrmachers wurde jetzt scharf und schneidend. Seine Aura pulsierte in einem bedrohlichen Rot.

»Ich habe Sie nicht gestoßen!«, rief Johnny empört. Der Uhrmacher schwebte langsam auf ihn zu.

»Zeit für das Salz!«, kommandierte der Schädel.

Johnny griff in den Frühstücksbeutel und bekam die Faust nicht wieder heraus.

»Streu einen Bannkreis um dich herum.«

»Einen was?« Johnny spürte, dass ihm heiß wurde.

Der Uhrmacher schnüffelte. »Ich kann Eure Angst riechen, junger Lord!«, wisperte er und kam langsam näher.

Sein Mund schmatzte, und das dünne Haar stand ihm in allen Himmelsrichtungen vom Kopf ab.

Johnny war wie erstarrt.

»Du hast mich gestoßen, Johnny Sinclair, und jetzt treibt

dich die Schuld an den Ort deines Verbrechens zurück!« Das alte Gesicht verzog sich, und die wässrigen Augen verschwammen im Zorn.

Mit einem Ruck zog Johnny seine Hand aus dem Beutel. Der riss auf, und das Salz rieselte zu Boden. »Bleiben Sie stehen, Mr Hopkins!«, rief er drohend und hielt das restliche Salz fest in seiner Faust.

»So ist es richtig! Er ist schwach. Zeig ihm, dass du der Stärkere bist!«, feuerte Erasmus ihn an.

Johnny ließ die Erscheinung nicht aus den Augen. »Ich habe Sie nicht gestoßen, Mr Hopkins!«, sagte er noch einmal. Trotzdem kam der Geist näher.

»Lass ihn nicht näher an dich heran!«, warnte der Schädel.

»Bleiben Sie stehen, Mr Hopkins!«, gab Johnny die Warnung weiter. »Bleiben Sie stehen, oder ...«

Der Uhrmacher streckte den Arm nach ihm aus. Johnny konnte die eisige Kälte spüren, die von ihm ausging, und wich zurück.

»Wir machen jetzt einen luftigen Spaziergang!« Der Uhrmacher lachte schallend.

In diesem Moment schleuderte Johnny ihm das Salz mitten ins Gesicht. Aus dem Lachen wurde ein Kreischen und Heulen, dass Johnny sich die Hände auf die Ohren presste. Auf der Stelle wich Mr Hopkins zurück. »Was hast du getan? Was hast du getan!«, schrie er außer sich. »Sieh mich doch an!«

Seine Gestalt bekam tatsächlich Löcher. Wie kleine Flammen fraß sich das Salz durch das Plasma. Johnny ließ den Uhrmacher nicht aus den Augen. Dann bückte er sich und nahm blitzschnell noch etwas Salz vom Boden auf. Angstvoll wich das Gespenst zurück.

»Tut mir leid, Mr Hopkins. Ich wollte Sie nicht verletzen«, sagte Johnny. »Aber ich will auch keinen Spaziergang machen. Ich habe Sie nicht gestoßen!«

Misstrauisch sah der Uhrmacher ihn an. »Wenn du es nicht warst, wer war es dann?«

Johnny zuckte mit den Schultern und ließ das Salz von einer Hand in die andere rieseln.

»Leg das weg!«, verlangte Mr Hopkins nervös.

»Später!«, sagte Johnny. »Erzählen Sie mir, was damals passiert ist, als Sie aus dem Fenster fielen.«

»Ich bin nicht gefallen!«, beharrte der Uhrmacher. »Es stand jemand hinter mir! Auch wenn alle Welt meint, es wäre der Unfall eines alten Trottels gewesen.«

»Ich glaube nicht, dass Sie ein alter Trottel sind«, sagte Johnny.

Plötzlich lächelte der Uhrmacher, und seine Aura nahm wieder eine bläuliche Färbung an.

»Erzählen Sie mir, weshalb Sie in der Nacht hierher gekommen sind.«

»Wegen des Rings«, antwortete Mr Hopkins. »Ich bin wegen

des Rings noch einmal hergekommen. Er war ein Geschenk meiner Frau. Ich hatte ihn, während ich das Uhrwerk säuberte, abgenommen und hier vergessen. Erst zu Hause habe ich bemerkt, dass er fehlt. Spät abends bin ich noch einmal hergekommen. Ich habe gesucht und gesucht, doch ich konnte ihn nirgends finden. Also öffnete ich das Fenster und schaute hinunter in den Hof. Da fühlte ich plötzlich, dass ich nicht mehr allein war. Ich drehte mich um, und in diesem Moment gab man mir einen Stoß.«

»Wie furchtbar!«, sagte Johnny. »Haben Sie gesehen, wer Sie gestoßen hat?«

Der Uhrmacher schüttelte den Kopf.

»Und haben Sie Ihren Ring wiedergefunden?«

»Ja, aber ich komme nicht ran. Er klemmt dort zwischen den Dielenbrettern.«

Johnny leuchtete mit der Taschenlampe über den Boden und hatte den Ring auch schon entdeckt. Den Uhrmacher fest im Blick, hob er ihn auf. »Hier!«, sagte er und legte ihn auf die Fensterbank.

Der Uhrmacher schüttelte traurig den Kopf. »Du scheinst ein guter Junge zu sein. Aber sieh selbst ...« Seine Geisterhand griff immer wieder ins Leere.

»Oh, das tut mir leid!«, murmelte Johnny.

»Sag, du wirst ihm den Ring bringen!«, flüsterte der Schädel aus der Kapuze.

»Bringen? Wohin?«, fragte Johnny.

»Zu seinem Grab!«

»Zu seinem Grab?« Johnny schluckte. Dann räusperte er sich. »Ich bringe Ihnen den Ring morgen auf dem Friedhof vorbei ... ähm ... gehen Sie doch ruhig schon mal vor.«

»Das würdest du tun?«, fragte Mr Hopkins.

»Sicher, kein Problem!«

»Und ich kann mich darauf verlassen?«

»So sicher, wie ich hier vor Ihnen stehe«, erklärte Johnny.

Mr Hopkins lächelte und fing an zu verblassen. »Ich warte auf dich«, flüsterte er. Dann war er fort.

Einen Moment stand Johnny wie benommen da und starrte ungläubig auf die Stelle, an der eben noch Mr Hopkins' Geist gestanden hatte.

»Alles in Ordnung?«, meldete sich der Schädel aus seiner Kapuze.

Johnny nickte. »War das schon alles? Er löst sich auf und ist einfach weg?«

Der Schädel lachte morsch. »Du gefällst mir. Stehst hier mit flatternden Hosen und fragst, ob das schon alles war.«

»Wer steht hier mit flatternden Hosen?«, fragte Johnny empört. »Wenn ich die Sache richtig sehe, bin ich soeben mit meinem ersten Geist fertiggeworden.«

»Einem Brabbler«, antwortete der Schädel geringschätzig. »Mit den anderen wirst du kein so leichtes Spiel haben.«

Johnny zuckte möglichst gleichgültig mit den Schultern. Er wollte sich vor Erasmus keine Blöße geben. Dann nahm er den Ring von der Fensterbank und steckte ihn in seine Hosentasche. »Ich bringe ihn gleich morgen nach der Schule zum Friedhof«, sagte er.

»Unbedingt! Sonst ist der alte Zausel schneller zurück, als du Marmeladenbrot sagen kannst.«

»Hast du eine Idee, wer Mr Hopkins gestoßen haben könnte?«, überlegte Johnny, während er zurück zum Treppenturm ging.

»Na klar, es wird ein Geist gewesen sein, der mitten durch ihn hindurchging. Vermutlich war es noch nicht einmal Absicht. Das Fenster stand auf, und eins der Flatterlaken wollte einen Spaziergang machen ...«

Johnny schüttelte ungläubig den Kopf. Wahnsinn, was sich hier alles zwischen den Mauern abspielte, ohne dass irgendjemand etwas davon bemerkte. Aber das würde sich ab heute ändern!

Mit neuem Selbstvertrauen kehrte Johnny in sein Zimmer zurück. Er stellte den Schädel auf seinen Schreibtisch und stieg mit all seinen Klamotten ins Bett.

»Für den Anfang hast du deine Sache ganz ordentlich gemacht«, lobte Erasmus. »Ich habe tatsächlich einen Hauch von Talent aufblitzen sehen.«

Johnny antwortete nicht. Er war viel zu müde, um mit dem Schädel zu streiten. Es war fast halb zwei, und er wusste, was er heute Nacht geleistet hatte. Er hatte die Seele von Mr Hopkins gerettet. Beinahe jedenfalls. Morgen würde er die Sache zu Ende bringen.

14. Kapitel

Versprochen ist versprochen

Am nächsten Morgen war es Johnny, der in der Schule einschlief. Die letzte Nacht forderte ihren Tribut. Den Kopf auf den Armen lag er auf seinem Tisch und schnarchte leise vor sich hin.

Glücklicherweise weckte ihn Russell rechtzeitig, bevor Barty und Alfie es tun konnten.

Die steckten tuschelnd die Köpfe zusammen und sahen immer wieder in seine Richtung.

»Pennst du?«, fragte Russell, während er Johnny seinen Zeigefinger in die Rippen bohrte.

»Was?« Erschrocken fuhr der hoch.

»Du hast geschlafen wie ein Baby!«, sagte Russell und packte zufrieden seine Pausenbrote aus.

»Und du hast zum Glück keine Ahnung, was gestern Nacht auf der Burg los war.« Zufrieden sah Johnny, wie Russell ihn mit großen Augen anstarrte.

»Was war denn los? Erzähl schon!«, flüsterte er. »Waren die Schatten etwa hinter dir her?«

»Erzähle ich dir in der Pause«, flüsterte Johnny zurück.

Russell sollte ruhig noch ein bisschen zappeln. Das erhöhte vielleicht seine Bereitschaft, sein Assistent zu werden. Außerdem kam Mrs Underwood in diesem Moment in die Klasse.

»Was haben sie gemacht?«, zischelte Russell weiter.

Aber Johnny schüttelte bloß den Kopf. Russell war neugierig wie eine anatolische Bergziege. Er hatte ihn praktisch schon fest an der Angel.

Während der gesamten Bio-Doppelstunde überlegte Johnny, ob er Russell wirklich in sein Geheimnis einweihen sollte. Wenn er erst einmal Bescheid wusste, gab es kein Zurück. Er überlegte hin und her. Doch wie er es auch drehte und wendete, er brauchte einen Assistenten. Und warum sollte Russell nicht seine Ausrüstung tragen, während er ein paar Gespenster unschädlich machte? Das einzig Blöde daran war bloß, dass

Russell so ein Baby war. Er würde womöglich andauernd seine Mum anrufen, wenn es brenzlig wurde. Und Mrs Moore machte nicht den Eindruck, als würde sie allzu viel von der Geisterjagd halten. Johnny seufzte. Leider war die Auswahl an fähigen Assistenten recht begrenzt, und so blieb Johnny wohl nichts anderes übrig.

Als es klingelte, flitzte Russell sofort zur Tür und winkte Johnny ungeduldig zu sich heran. Johnny grinste. Sein Freund platzte beinahe vor Neugierde.

»Also, was war los?«, fragte Russell, sobald sie den Schulhof betreten hatten.

Johnny sah sich kurz um. »Lass uns zur Mauer gehen. Da erzähle ich dir alles!«

Russell verdrehte die Augen und ging wortlos zu ihrem Stammplatz neben dem Ausgang. Johnny half ihm auf die Mauer und kletterte hinterher. Dann blickte er sich vorsichtig um. Die Luft war rein. Barty und Alfie standen hinter den Müllcontainern und rauchten. Als sie ihn sahen, grinsten sie und steckten wieder tuschelnd die Köpfe zusammen. Sie hatten die Sache mit dem Schädel noch nicht vergessen.

»Jetzt erzähl schon!«, drängte Russell. »Waren die Schatten bei dir im Zimmer?«

Johnny schüttelte den Kopf. »Aber ich war noch einmal unten.« Er warf einen zufriedenen Blick auf Russell. Dessen Mund stand so weit offen wie ein Scheunentor.

»In Mordor?«, fragte er schockiert.

»Yep!«

»Warum bist du noch einmal zurückgegangen?«

»Erasmus hat etwas gesucht. Wir sind zusammen dort unten gewesen.«

»Wer ist Erasmus?«

»Erasmus von Rothenburg, das ist der Name des Schädels«, erklärte Johnny.

»Hast du dir den Namen ausgedacht?«

»Quatsch, er hat gesagt, dass er so heißt!«

Argwöhnisch sah Russell ihn an. »Er hat sich dir vorgestellt? Schon klar.« Doch plötzlich glaubte er zu wissen, was los war. »Das kann der Schock sein ... manchmal zeigt sich das erst Tage später. Fühlst du dich gesund? Geht es dir gut?«

»Ich habe keinen Schock«, erklärte Johnny. »Es ist die volle Wahrheit. Der Schädel kann sprechen!«

Sein Freund sah ihn beleidigt an. »Willst du mich auf den Arm nehmen? Ich habe gedacht, du hättest etwas echt Gruseliges zu erzählen, und jetzt kommt so was Blödes!« Er sprang von der Mauer und marschierte davon.

»Ich habe Mr Hopkins gesehen. Du weißt doch, den Uhrmacher!«, rief Johnny ihm schnell nach.

Das wirkte. Russell blieb stehen und kam zögernd zurück. »Wehe, wenn das nicht stimmt!«

»Es stimmt«, beteuerte Johnny und holte den goldenen Ring

aus seiner Hosentasche. »Hier!« Ich habe dir doch gesagt, dass er auf der Burg herumspukt.«

Sein Freund nickte.

»Und gestern Nacht bin ich ihm begegnet!« Johnny senkte die Stimme. Russell hing wieder an seinen Lippen.

»War er in deinem Zimmer?«

»Nein, ich habe nach ihm gesucht.«

»Warum?«

»Weil ich es hasse, ständig von Geistern über die Flure gejagt zu werden.« Johnny machte eine Pause. »Also habe ich beschlossen, den Spieß umzudrehen.«

»Den Spieß umzudrehen?«

»Yep, ab jetzt bin ich der Jäger.«

»Okay.« Russell starrte seinen Freund ungläubig an. »Lass mich raten: Den Tipp hat dir der Schädel gegeben.«

Johnny nickte. »Stimmt.«

»Was soll das?« Empört stemmte Russell die Hände in die Hüften. »Hältst du mich für superdämlich? Ich dachte, wir wären Freunde, und jetzt beleidigst du meine Intelligenz!« Wütend drehte er sich um und stampfte erneut davon.

»Warte!«, rief Johnny und sprang von der Mauer. Das war ja gründlich schiefgegangen. Aber wer hätte ahnen können, dass Russell so misstrauisch war?

»Warte!« Johnny hatte Russell eingeholt und packte ihn an der Schulter. »Ich schwöre, ich sage die Wahrheit! Du kannst es meinetwegen nachprüfen. Wenn du willst, nehme ich dich mit auf die Burg. Du kannst sogar übers Wochenende bleiben.«

Russell riss sich unwillig los. »Und dann ziehst du eine schlecht gemachte Bauchrednernummer ab. Ist schon klar.«

»Russell, bitte!« Es war zwar total uncool, Russell anzubetteln. Aber er brauchte nun mal einen Assistenten!

Misstrauisch sah Russell ihn an.

»Ich gehe nach der Schule noch kurz auf dem Friedhof vorbei«, sagte Johnny schnell. »Ich habe Mr Hopkins versprochen, ihm den Ring zu bringen. Er hatte ihn während der Arbeit abgenommen und vergessen. Dann wollte er ihn holen und wurde aus dem Fenster gestoßen.«

Russell war noch immer misstrauisch. »Schwör, dass du nicht lügst!«

Johnny hob zwei Finger. »Ich schwöre!«, sagte er feierlich.

»Nein, gib mir das große Indianerehrenwort!« Russell spuckte in die Hand und hielt sie Johnny entgegen. Der verzog das Gesicht. Aber nur innerlich. Dann spuckte er ebenfalls in die Hand und reichte sie Russell.

»Okay!« Man sah Russell an, dass er grübelte. »Und du meinst, wenn du Mr Hopkins den Ring zurückbringst, ist Schluss mit der Spukerei?«

»So klang es jedenfalls. Erasmus meint, ich soll ihm den Ring auf sein Grab legen.«

Als Johnny Erasmus' Namen erwähnte, zuckte Russell noch

einmal kurz zusammen, doch dann hatte er sich entschieden. »Okay, ich komme mit. Erst zum Friedhof und dann auf die Burg. Und wehe, der verdammte Schädel kann nur grunzen oder klingt irgendwie nach dir, dann bist du deinen einzigen echten Freund ein für alle Mal los!«

»Abgemacht!« Johnny sah ihn erleichtert an.

Der Friedhof von Blacktooth lag gleich hinter der kleinen Kirche und war umgeben von einer Mauer aus grauen Feldsteinen. Hohe Bäume und dunkelgrüne Eiben prägten das Bild. Manche der Gräber waren fast dreihundert Jahre alt. Ihre Grabsteine waren mit seltsamen Ornamenten verziert und mit Moos bewachsen. Etliche standen schief, andere waren ganz umgefallen.

»Und nun?« Johnny sah sich suchend um.

Obwohl es erst Nachmittag war, war der Friedhof fast menschenleer. Nur eine alte Frau mit einer Gießkanne kam ihnen entgegen.

»Entschuldigen Sie!« Russell setzte sein freundlichstes Lächeln auf. »Können Sie uns sagen, wo das Grab von Mr Hopkins ist?«

Wenn sich die alte Frau wunderte, ließ sie es sich nicht anmerken. »Das Grab des Uhrmachers?« Die Jungs nickten. »Das ist dahinten. Direkt unter der alten Rotbuche.«

Johnny und Russell bedankten sich und gingen direkt zu

dem großen Baum, dessen Äste sich wie ein Schirm über eine Reihe von Gräbern ausbreiteten.

»Das muss es sein!«, sagte Russell und zeigte auf einen Grabstein, der leicht schief stand und die Form einer Standuhr hatte. *James Hopkins*, stand darauf. Hier waren sie ganz offensichtlich richtig.

Außerdem schien jemand das Grab zu pflegen, denn es lagen frische Blumen darauf.

Johnny fischte den Ring aus seiner Hosentasche und legte ihn auf Mr Hopkins' Grab. »Ich bringe Ihnen Ihren Ring, Mr Hopkins«, flüsterte er. »Wie versprochen.«

Russell war in sicherem Abstand stehen geblieben und beobachtete ihn skeptisch. Da fuhr plötzlich ein Wind in die Zweige der Buche. Es klang, als würden die Blätter applaudieren. »Danke«, wisperte es. Dann ließ der Wind nach, und es war wieder so still wie zuvor.

»Heiliges Kanonenrohr!«, platzte Russell heraus. »Hast du das gehört?«

Johnny nickte stumm, dann zog ein Lächeln über sein Gesicht. »Und was sagst du jetzt? Sauber, oder?«

»Das ist so was von sauber!«, pflichtete Russell ihm bei. »Kann aber auch Zufall gewesen sein. Ich meine, wir haben beide nur darauf gewartet, dass etwas passiert …«

»Zufall?«, fragte Johnny empört. »Das kann echt nur jemand sagen, der gestern Nacht nicht dabei war.«

Sie wollten gerade gehen, da bemerkten sie eine Gestalt, die sich hinter einem Engel aus Marmor versteckte.

»War das Millie?«, fragte Johnny verwundert.

»Ich sag doch. Sie ist ein echter Grufti«, meinte Russell.

Im nächsten Moment kam ihre Klassenkameradin hinter der Statue hervor. »Was macht ihr hier?«, fragte sie statt einer Begrüßung.

»Und du?«, fragte Johnny, ohne eine Antwort zu geben.

Millie lächelte. »Ihr wisst, dass die Grabsteine nur schief stehen, wenn die Toten darunter keine Ruhe finden, oder?«

Johnny und Russell sahen sich an. Nein, das wussten sie nicht. Millie lächelte finster. »Sie wälzen sich darunter, und nachts steigen sie aus ihren Gräbern.«

»Sieht aus, als wäre hier nachts richtig Party«, antwortete Johnny lässig und zeigte auf die zahlreichen umgefallenen Grabsteine.

»Woher weißt du so komisches Zeug?«, fragte Russell. »Wohnst du hier? Vielleicht in irgendeinem modernden Sarkophag?« Er grinste, was durch die vielen Totenschädel auf seinen Brackets geradezu teuflisch wirkte.

»Ich weiß, was man sich über den Uhrmacher erzählt«, sagte Millie, ohne sich um Russell zu kümmern.

»Und was erzählt man sich?«, wollte Johnny wissen.

»Man sagt, seine Seele findet keine Ruhe. Nacht für Nacht steigt er aus seinem Grab … um diejenigen zu suchen, die für seinen Tod verantwortlich sind.« Millie machte eine Pause. »Und jetzt steht ihr hier an seinem Grab.«

Russell schaltete schneller als Johnny. »Träum weiter!«, sagte er verächtlich.

»Du meinst, wir hätten etwas mit seinem Tod zu tun?« Johnny war ehrlich verblüfft.

»Warum seid ihr sonst hier?«

»Warum bist du hier?«, fragte Russell verärgert.

»Wir haben etwas gefunden, das Mr Hopkins gehört, und es ihm zurückgebracht«, erklärte Johnny, obwohl er es nicht musste.

Millie lächelte herablassend. »Na, dann hat die liebe Seele jetzt wohl endlich ihre Ruh!« Mit diesen Worten drehte sie sich um und marschierte zwischen den Grabsteinen davon.

Russell machte mit dem Finger eine kreisende Bewegung neben seinem Kopf. »Die ist echt voll komisch!«, sagte er, während er die letzten Krümel einer Rosinenschnecke aus seinem Ranzen fischte.

Und Seite an Seite verließen sie den Friedhof, um Russells Mum zu fragen, ob er über das Wochenende bei Johnny auf der Burg bleiben durfte.

Russell wohnte mit seinen Eltern auf der anderen Seite von Blacktooth. Hier standen schmucke Einzelhäuser mit gepflegten Auffahrten und hohen Rhododendronhecken. Russell war genau wie Johnny ein Einzelkind, aber anders als Johnnys Eltern hatten Russells Eltern beschlossen, ihren einzigen Spross wie die Kronjuwelen zu bewachen. Sie machten jedes Mal einen riesigen Aufstand, wenn ihr Würstchen (sie nannten ihn wirklich so) bei Johnny übernachtete.

Heute lief die Sache überraschenderweise anders. Russells Vater, Inhaber der einzigen Druckerei weit und breit, feierte an diesem Wochenende sein fünfjähriges Bestehen und hatte jede Menge Gäste eingeladen.

Seine Mutter schien beinahe erleichtert, als Russell fragte, ob er übers Wochenende bei Johnny auf der Burg bleiben dürfte. Ohne die üblichen Fragen nach regelmäßigen Mahlzeiten, sauberer Bettwäsche und nach der Kontrolle des Fernsehprogramms eilte sie in sein Kinderzimmer, um ihm die Reisetasche zu packen, und legte das kleine Reiseschweinchen obenauf. Dann sah sie nervös auf die Uhr. »Der Mann vom Catering kommt in einer Dreiviertelstunde. Wenn wir uns beeilen, schaffe ich es vielleicht gerade noch, euch auf die Burg zu bringen und rechtzeitig wieder zurück zu sein, bevor er vor der Tür steht. Steigt ganz schnell in den Wagen.«

Johnny winkte ab. »Machen Sie sich keine Umstände, Mrs Moore«, sagte er. »Der Bus nach Inverness fährt in zehn Minuten. Wenn Russell und ich uns beeilen, kriegen wir ihn noch.«

Unschlüssig sah Mrs Moore auf die Uhr.

»Ich schaff das schon«, beruhigte Russell sie. »Johnny fährt jeden Tag mit dem Bus. Außerdem habe ich mein Handy dabei. Ich rufe dich an, wenn etwas schiefläuft.«

»Also gut!«, gab Mrs Moore nach. Und man konnte ihr die Erleichterung deutlich ansehen. »Aber melde dich zwischendurch, auch wenn nichts schiefläuft. Okay?«

»Mach ich!«, versprach Russell.

Ein paar Minuten später standen sie auch schon an der Haltestelle. Russell zählte gerade sein Kleingeld, als Cécile und der Bus nach Inverness gleichzeitig die Haltebucht erreichten. Und während der Busfahrer wütend hupte, weil Cécile ihm direkt vor die Räder gefahren war, kurbelte die in Seelenruhe das Fenster herunter und winkte die Jungs zu sich heran.

»Wenn das kein Zufall ist! Steigt schnell ein, bevor der Kutscher hinter mir einen Tobsuchtsanfall bekommt!«, sagte sie.

Schnell stiegen Johnny und Russell ins Auto. Cécile gab Gas, und sie brausten davon. Da konnte der Busfahrer noch so wütend blinken und hupen.

»Was machst du denn hier?«, fragte Johnny erstaunt.

»Mrs Adams ist das Salz ausgegangen. Dabei war sie sicher, dass sie noch bis nächste Woche auskommen würde«, antwortete Cécile.

Johnny schoss das Blut in die Wangen. »Ist es in Ordnung, wenn Russell übers Wochenende auf der Burg bleibt?«, fragte er schnell, um vom Thema abzulenken.

»Sicher!«, antwortete Cécile und zwinkerte Russell im Rückspiegel zu. »Ich wette, du willst dieses Jahr am Baumstammweitwurf teilnehmen. Oder ist deine Disziplin das Dreibeinrennen?«

Die Highland Games! Wie hatte Johnny die nur vergessen können? Jedes Jahr im September trafen sich Schotten aus allen Teilen des Landes und traten in verschiedenen Disziplinen gegeneinander an: im Tauziehen, im Axtwerfen, im Dreibeinlauf oder auch im Baumstammweitwurf. Und sie nahmen die Sache sehr ernst. Zwar fanden die Spiele auf offenem Feld statt, aber vor- und nachher traf man sich auf Greyman Castle. Dort marschierten die Clans ein. Dudelsäcke spielten, und es gab Stände mit Haggis, Wurst und Bier. Ein Komitee aus Blacktooth kümmerte sich um den reibungslosen Ablauf, und die Sinclairs hatten nicht viel mehr zu tun, als ihren Burghof zur Verfügung zu stellen.

»Nichts davon«, antwortete Russell auf Céciles Frage. »Ich habe vor zwei Jahren fürs Gummistiefelwerfen trainiert. Aber ausgerechnet das haben sie als Disziplin gestrichen.« Er blickte missmutig aus dem Fenster.

15. Kapitel

Nichts als die Wahrheit

Als sie auf der Burg ankamen, waren die Handwerker gerade dabei, die Tribüne aufzubauen. Johnny hatte eigentlich jede Menge Spaß an den Spielen, auch wenn er als stellvertretender Lord zu diesem Anlass einen Kilt, einen echten Schottenrock, tragen musste.

Diesmal hatte er die Highland Games allerdings glatt vergessen.

Russell strahlte, dass seine Totenschädel blitzten.

»Mann, bin ich froh, dass ich übers Wochenende hier bin und nicht auf der Party meiner Eltern herumhängen muss.«

»Du kannst im Zimmer neben Johnny schlafen«, schlug Cécile vor. »Ich ziehe so lange nach oben. Aber glaubt nicht, dass ich euch alles durchgehen lasse. Mein drittes Auge hat euch fest im Blick und schlägt Alarm, sobald einer von euch nachts in der Burg herumschleicht!«

»Keine Sorge, Mrs Bernard«, versprach Russell und zog seine Reisetasche aus dem Auto. »Ich mache keinen Ärger. Sie werden kaum merken, dass ich überhaupt da bin.«

»Sehr schön!«, sagte Cécile. »Dann kann ich jetzt ja in aller Ruhe das Festkomitee unterstützen.« Mit diesen Worten schlug sie die Wagentür zu und wehte in ihrem zitronengelben Gewand davon.

Johnny schulterte seinen Rucksack und ging ins Haus. Russell folgte ihm ächzend mit seiner großen Reisetasche, in die seine Mum außer vier Pullovern vermutlich auch noch ein paar Gewichte eingepackt hatte.

An der Treppe wartete Johnny auf ihn. »Gib schon her!«, sagte er und schnappte sich einen Henkel der Tasche. Zu zweit trugen sie sie die Treppe hinauf.

»Ich bin echt gespannt«, schnaufte Russell.

»Worauf?«, fragte Johnny.

»Na, auf den Schädel. Ich schwöre dir, wenn das Teil nicht reden kann, bin ich weg!«

Johnny nahm es locker. Er kannte Russell und wusste, dass er allein wegen der Highland Games bleiben würde.

»Er kann reden!«, beruhigte er ihn und stieß die Tür zum Zimmer seiner Eltern auf. Russell wuchtete seine Tasche aufs Bett und öffnete die Verbindungstür zu Johnnys Zimmer.

»Willst du nicht auspacken?«

»Später, ich weiß ja noch nicht, ob es sich lohnt. Zuerst will ich den Schädel sprechen hören.«

»Okay!« Johnny schob sich an Russell vorbei. »Aber ich warne dich. Wehe, du erzählst irgendjemandem davon! Das gilt auch für deine Mum.«

»Jetzt mach's nicht so spannend und lass den Kerl endlich reden.«

Johnny holte Erasmus aus seinem Kleiderschrank hervor und stellte ihn auf den Schreibtisch.

Russell kam misstrauisch näher. »Was steckt denn da in seinem Auge?«

»Das ist ein Mondstein. Er kann damit besser sehen und Gegenstände bewegen.« Johnny schloss das Fenster und blickte in den Burghof. Cécile sprach gerade mit ein paar Frauen vom Festkomitee. Da konnte sie wenigstens nicht stören.

»Naaaaa duuuuu!«, sagte Russell und beugte sich so weit zu dem Schädel herunter, dass seine Nase ihn beinahe berührte.

»Sei nicht so blöd!«, blaffte Johnny ihn an. »Du musst ihm mit Respekt begegnen.« Er deutete auf Erasmus. »Darf ich vorstellen, das ist der große Alchemist und Magier Erasmus von Rothenburg! Und das ...«, er deutete auf Russell, »ist Russell Moore, die alte Knalltüte. Er wollte dich unbedingt kennenlernen. Er glaubt nämlich nicht, dass du sprechen kannst.«

Stille.

»Ähm, er glaubt NICHT, dass du sprechen kannst!«

Stille.

Nervös schielte Johnny zu Russell. Der hatte die Arme vor der Brust verschränkt und sah ihn finster an.

»Ich habe ihm versprochen, dass du sprichst«, flüsterte Johnny. »Er haut sonst gleich wieder ab!«

»Du hast es erfasst!«, sagte Russell. »Also was ist? Spricht der Typ jetzt oder nicht?«

»Er spricht. Aber er will gerade nicht«, erklärte Johnny.

»Verstehe. Es liegt an mir«, meinte Russell grimmig. »Ich wette, er spricht nie, wenn Fremde im Raum sind. Ich wette, er ist dann viel zu schüchtern! Stimmt's?«

»So ein Quatsch!«, brauste Johnny auf. »Erasmus, jetzt sag endlich was! Russell glaubt, ich bin ein verdammter Lügner!«

»So ist es!«, nickte Russell grimmig.

»Wenn du nicht auf der Stelle mit mir redest, spreche ich kein einziges Wort mehr mit dir!«

Stille.

»Tja, ich gehe dann mal aufs Klo und rufe danach meine Mum an, damit sie mich abholt. Vielleicht schaffe ich es morgen Nachmittag zu den Spielen. Wäre nett, wenn wir uns nicht begegnen.« Mit diesen Worten verließ Russell wütend den Raum.

Auch Johnny war wütend. »Arrrrrr!«, schrie er, als Russell aus dem Zimmer war. »Warum tust du das? Du kannst doch sonst auch kaum die Klappe halten! Und ausgerechnet jetzt, wo ich dringend einen Assistenten brauche, machst du einen auf maulfaul!«

»Ich entscheide selbst, mit wem ich rede!«, wies der Schädel ihn zurecht. »Und der Drops, den du da angeschleppt hast, wird ganz sicher kein guter Assistent. Assistenten müssen verschwiegen sein und nicht ständig mit ihrer Mum telefonieren. Sie müssen schnell sein, stark, intelligent und mutig. Dieses Würstchen lässt beim ersten ›Hui‹ deine Waffen fallen und ist beim nächsten ›Buu‹ so schnell verschwunden, als hätte es ihn nie gegeben.«

Johnny runzelte die Stirn. So ähnlich schätzte er Russell auch ein. Aber man kann sich seine Assistenten eben nicht immer aussuchen.

Wo steckte Russell überhaupt? Er war schon eine halbe Ewigkeit auf dem Klo. Johnny steckte den Kopf aus seiner Zimmertür und fuhr augenblicklich zurück.

»Arrrrgh!«, dröhnte es, und der Schwert schwingende Highlander stürmte über den Flur. Am Treppenturm machte er kehrt und kam mit erhobenem Schwert zurück.

»Ich glaube, Russell sitzt in der Falle«, sagte Johnny, nachdem er die Tür geschlossen hatte.

»Sie sind heute früh dran«, meinte der Schädel.

»Ich muss ihn da rausholen«, murmelte Johnny.

»Vielleicht hat er schon zu Hause angerufen ...«

Johnny schüttelte den Kopf. »Sein Handy liegt auf dem Bett.« Dann hatte er plötzlich eine Idee. »Ich bin gleich wieder zurück!«

Er öffnete die Tür, zählte bis drei und sauste los. Wenig später kam er mit einer blauen Gießkanne zurück.

»Arrrgh!«, tönte es hinter ihm auf dem Flur.

»Was soll das?«, fragte Erasmus.

»Wart's ab.« Johnny wühlte tief unten in seinem Kleiderschrank. »Er muss hier irgendwo sein«, murmelte er. »Mit dem Wurfnetz müsste ich zuerst üben ...«

»Allerdings!«

»Aber es gibt eine Waffe, die ich schon jetzt super beherrsche. Tätäääää!« Triumphierend zog Johnny seinen Gargoyle 5000 Super Splash aus dem Schrank. »Der spritzt das Wasser 15 Meter weit.« Er grinste. »Auch Salzwasser. Ich glaube, ich habe eine gute Mischung angerührt.« Er deutete auf die blaue Gießkanne.

»Ist das eine Wasserpistole?«

»Das ist keine einfache Wasserpistole. Das ist der Gargoyle 5000!« Johnny füllte das Wasser in den Tank.

Einen Moment war Erasmus still, dann klapperte er anerkennend mit den Kiefern. »Alle Achtung! So viel Einfallsreichtum hätte ich dir gar nicht zugetraut.«

»Willst du mitkommen, oder willst du hier warten?« Johnny war ganz berauscht von seiner genialen Idee und strotzte nur so vor Selbstvertrauen.

»Ich bleibe hier«, antwortete Erasmus.

»Wie du willst!« Den Gargoyle 5000 im Anschlag trat Johnny hinaus auf den Flur.

Vom Schwert schwingenden Highlander war zum Glück nicht der kleinste Funke zu sehen. So schnell er konnte, lief Johnny über den Korridor zum Badezimmer. »Russell, mach auf!«, flüsterte er. Keine Antwort. »Russell, hörst du mich?«

Von drinnen war ein leises Kratzen zu hören, so als würde etwas über den Boden geschleift.

»Johnny?«, hörte er Russells Stimme hinter der Tür.

»Wer sonst? Mach auf!«

Der Schlüssel wurde herumgedreht, und Johnny schlüpfte ins Bad. Russell hatte den Schrank vor die Tür geschoben und saß nun wieder mit blasser Nase auf dem Rand der Badewanne.

»Alles okay?«

»Nein, oder glaubst du, ich sitze hier herum, weil es mir so viel Spaß macht?« Russell sah seinen Freund an. »Ist der da draußen echt?«

Johnny nickte. »Gut, dass du ihn jetzt auch gesehen hast. Ich habe schon befürchtet, sie würden sich nur mir zeigen. Cécile sind sie noch nie begegnet.«

»Es gibt noch mehr davon?« Russell wurde noch eine Spur blasser um die Nase.

Johnny nickte. »Der Kerl da draußen ist der Schwert schwingende Highlander. Aber es gibt noch vier andere. Na ja, drei … Mr Hopkins sind wir ja jetzt los.«

»Du musst die Polizei rufen«, sagte Russell mit heiserer Stimme. »Die haben da so ein Geheimdezernat …«

»Ich habe schon bei Scotland Yard nachgefragt«, gab Johnny zu. »Aber die haben so getan, als hätten sie die Wörter Spuk und Geister noch nie in ihrem Leben gehört. Ich schätze, wir müssen die Sache selbst in die Hand nehmen.«

»Wir???«

»Es wird niemand anderer tun.« Johnny spähte aus der Tür.

»Aber …« Russell schien noch nicht überzeugt.

»Arrrgh!« Der Highlander stürmte mit erhobenem Schwert vorbei, und Johnny schloss schnell die Tür.

»Ist er gefährlich?«, fragte Russell mit zitternder Stimme.

»Keine Ahnung. Man sollte besser nicht mit ihnen in Berührung kommen. Aber sie sind nicht unbesiegbar. Es gibt etwas, das sie auf den Tod nicht ausstehen können. Eisen und Salz. Und rate mal, was ich hier habe!« Johnny klopfte lächelnd auf seinen Gargoyle 5000. »Salzwasser!« Er sah seinen Freund triumphierend an. »Damit hole ich uns jetzt hier raus.«

Russell blickte skeptisch auf die Wasserpistole in Johnnys Händen.

»Es funktioniert hundertprozentig.« Johnny öffnete die Tür und schaute nach rechts und links. Der Korridor war leer. »Er ist weg! Schnell!«

Die Jungs traten hinaus auf den Flur und sprinteten los. »Wir haben es gleich geschafft!«, schnaufte Johnny. Doch da tauchte der Highlander auch schon am Ende des Korridors auf.

»Arrrgh!« Das Schwert wie eine Keule schwingend, raste er auf sie zu.

»Weiter!«, schrie Johnny und lief los. Doch Russell blieb wie angewurzelt stehen und starrte gebannt auf die Erscheinung. »Verdammt!«, fluchte Johnny und machte auf der Stelle kehrt. Den Gargoyle 5000 im Anschlag stellte er sich vor seinen Freund. »Verzieh dich!«, brüllte er und schoss einen Strahl Salzwasser in Richtung Gespenst.

Augenblicklich blieb der Highlander stehen. Er senkte das Schwert und sah wütend an sich herab. Dort, wo das Salzwasser ihn getroffen hatte, lösten sich seine Konturen auf, und seine Gestalt bekam Löcher. Es war genau wie beim ersten Mal. Nur dass Johnny ihm nicht mehr so nah kommen musste.

»Na, was sagst du jetzt?« Johnnys Stimme war kalt wie Eis. Und genauso eiskalt gab er jetzt einen zweiten Wasserstoß ab.

»Arrrgh!«, brüllte der Highlander, dass die Burgmauern zitterten. Dann machte er kehrt und zischte über den Flur davon.

Russell hatte die Szene mit angehaltenem Atem verfolgt. »Wow!«, brachte er heiser hervor. »Es sieht aus, als hättest du ihn in die Flucht geschlagen.«

»Siehst du, es war ganz einfach. Leider wirkt das Salzwasser nicht ewig. Er wird wiederkommen. Und deshalb müssen wir nach der Ursache suchen, weshalb er hier wie ein Wahnsinniger auf und ab rennt.«

Leise Trommelwirbel ertönten. »Pass auf, da kommt Nummer zwei.«

Tommy Drum marschierte von einem grünlichen Licht begleitet um die Ecke.

»Verschwinde! Oder willst du auch ein Salzbad nehmen?«, rief Johnny und schoss einen Wasserstrahl in Tommys Richtung. Der Geist blieb auf der Stelle stehen. Dann vollzog er eine militärische Wendung und war auch schon um die Ecke verschwunden.

»Mein lieber Spitz!«, staunte Russell. »Ich glaube, ich habe auch noch einen Gargoyle 5000 zu Hause herumliegen.«

»So klingst du schon viel besser!«, lobte Johnny. »Ich wollte dich nämlich gerade fragen, ob du nicht mein Assistent werden willst.«

»Dein Assistent?« Russell rümpfte die Nase.

»Äh, mein Partner!«, schob Johnny schnell hinterher, während sie zurück in sein Zimmer liefen.

»Dein Partner bei was?«

»Bei der Jagd auf die Geister.«

Russell starrte Johnny eine Minute lang an. Dann schüttelte er den Kopf. »Ich weiß nicht ... Ich glaube nicht, dass ich der Richtige für solche Aufgaben bin.«

»Na, wer von uns beiden hatte jetzt recht?«, platzte der Schädel in das Gespräch. »Ich wusste von Anfang an, dass die kleine Bockwurst außer einer coolen Zahnspange nichts zu bieten hat.«

»Donnerplunder! War das etwa der Schädel?!«, rief Russell erstaunt.

Johnny lachte erleichtert. »Glaubst du mir jetzt?«

»Er soll noch mehr sagen!«, verlangte Russell.

»Himbeerbubi, Milchbart, Harfensänger, Weichwurst ...«

»He, warum beleidigt er mich?«

»Er meint es nicht so«, sagte Johnny schnell.

»Doch, das tue ich«, versicherte der Schädel. »Zu meiner Zeit bei den Musketieren war es uns eine Ehre, für unsere Freunde einzustehen. Unser Leitspruch lautete ...«

»Einer für alle ...«, sagte Johnny.

»... und alle für einen«, murmelte Russell beeindruckt.

»Sieh an, sieh an. Ihr kennt unseren Spruch.« Erasmus war sehr geschmeichelt.

»Du warst einer der drei Musketiere?«, fragte Johnny verblüfft.

»Ich war Nummer vier«, antwortete Erasmus.

»Nummer vier war d'Artagnan«, sagte Russell und sah den Schädel misstrauisch an.

»Dann war ich eben Nummer fünf!«, gab der genervt zurück. »Wen interessiert das schon nach so vielen Jahren? Wir hatten wenigstens Ehre im Leib und waren keine weichgespülten Sockenfalter.«

»Hör auf, mich zu beleidigen!«, rief Russell. »Ich habe nicht gesagt, dass ich Johnny nicht helfe.«

»Echt?« Johnny sah seinen Freund erleichtert an.

»Gut. Dann wäre das ja geklärt! Und ihr könnt mit der Geisterjagd anfangen«, meinte Erasmus.

»Einfach so?«, wunderte sich Russell.

»Wie denn sonst? Los! Haut sie weg, macht sie platt, sackt sie ein ...«

»Aber ...«

»Was aber?«

»Gibt es denn keine Regeln? Nichts, was wir vorher lernen müssten?« Russell sah den Schädel skeptisch an.

Der Schädel starrte einen Moment zurück. »Klar gibt es Regeln«, sagte er. »Aber nur drei ... oder vier vielleicht ...«

16. Kapitel

Auf der Mauer, auf der Lauer

Johnny wurde allmählich ungeduldig. »Und wie lauten diese Regeln?«, fragte er den Schädel. »Gestern Abend hast du noch keine davon erwähnt.«

Erasmus von Rothenburg räusperte sich. »Regel Nummer eins: Arbeitet immer im Team!«

»Ähm, ich kann nicht versprechen, dass ich jedes Mal dabei bin«, ruderte Russell zurück. »Ich muss nächsten Montag wieder zum Kieferorthopäden, und am Donnerstag hab ich Chor.«

Johnny verdrehte die Augen. Er hatte völlig vergessen, dass Russell auch bei den Kirchturmspatzen von Blacktooth sang.

»Regel Nummer zwei …« Erasmus ließ sich nicht unterbrechen. »Haltet eure Ausrüstung in Schuss, und lernt sie zu benutzen! Regel Nummer drei: Ihr seid die Jäger! Verfallt niemals in Panik oder lauft kopflos davon! Und Regel Nummer vier: Üben, üben, üben! Habt ihr alles verstanden?«

Die Jungen nickten.

»Gut, dann lasst uns anfangen. Als Erstes brauchen wir eine Menge Platz!«

»Wozu?«, fragte Russell.

»Na, zum Üben!«, sagte der Schädel.

»Jetzt?«, fragte Russell.

»Klar, wann sonst?«, knurrte der Schädel.

»Dann gehen wir am besten in die Waffenkammer«, schlug Johnny vor.

Die Waffenkammer war ein langer Raum im Erdgeschoss, in dem früher die Rüstungen, Schwerter und Schilde aufbewahrt wurden.

Heute war der Raum bis auf eine lederne Übungspuppe und ein paar Holzschwerter weitgehend leer.

Johnny setzte den Schädel auf die Fensterbank und packte all die geheimnisvollen Dinge aus, die er in der Kammer des Alchemisten gefunden hatte.

»Womit fangen wir an?«, fragte er.

»Mit der Eigensicherung!«, erwiderte der Schädel. »Und dazu gehört das Füllen des Salzhorns genauso wie das korrekte Zeichnen eines Pentagramms. Ihr wisst doch, was ein Pentagramm ist, oder?«

Johnny nickte, Russell schüttelte den Kopf.

»Ein Pentagramm, auch Drudenfuß genannt, ist ein Bannzeichen gegen Dämonen und andere Spukgestalten. Steht ihr in einem Pentagramm, kann euch kein Geist dieser Welt etwas anhaben. Damit ihr aber überhaupt in einem Pentagramm stehen könnt, müsst ihr es natürlich zuerst zeichnen. Und genau das wollen wir jetzt üben! Aber zuerst das Salzhorn.«

Das Füllen des Salzhorns war nicht besonders schwer, sodass sogar Russell es problemlos hinbekam. Das Zeichnen der Schutzkreise und Pentagramme war dagegen schon etwas komplizierter. Man musste nämlich genau darauf achten, sie mit einem Stück Kreide so auf den Boden zu zeichnen, dass sie ihre volle magische Wirkung entfalteten. Also ohne abzusetzen und ohne zittrige Striche, denn nur so konnte man verhängnisvolle Lücken vermeiden, durch die die Geister eindringen konnten.

Schließlich fing es an zu dämmern, und auch Johnnys und Russells Lust, sich mit Salzhörnern und Pentagrammen zu beschäftigen, ließ allmählich nach. Johnny spritzte mit dem Gargoyle 5000 noch zweimal ein altes Schneckenhaus vom Tisch und ließ auch Russell damit schießen. Aber schnell war klar, dass der nicht halb so viel Talent besaß wie er selbst. Dafür konnte er das Pentagramm und den Schutzkreis beinahe doppelt so schnell zeichnen.

Erasmus thronte währenddessen auf der Fensterbank und las in einem alten Turnierbuch, das dort jemand vergessen hatte. Den Jungen gönnte er nur hin und wieder einen kurzen Blick.

»Wie spät ist es? Ich habe Hunger!«, stellte Russell fest und stopfte das Salzhorn zurück in Johnnys Rucksack.

Johnnys Magen knurrte ebenfalls. »Ich könnte auch etwas zu essen vertragen«, gestand er und sammelte die restlichen Geisterjägerutensilien ein. Zu guter Letzt schnappte er sich Erasmus und verstaute auch ihn im Rucksack. Der Schädel hätte am liebsten die ganze Nacht weitergelesen. Und so beschwerte er sich lautstark und gab erst Ruhe, als Johnny ihm versprach, den alten Schmöker ebenfalls mitzunehmen.

Dann holten sie sich ein paar Sandwiches aus der Küche und verzogen sich damit in Johnnys Zimmer.

Vorsichtshalber, damit Cécile ihn nicht versehentlich entdeckte, stellte Johnny Erasmus in seinen Kleiderschrank. Und nur weil er ihm das Buch dazugab und die Schranktür einen Spalt offen ließ, ließ sich der Schädel diese Behandlung gefallen.

Johnny und Russell setzten sich ans offene Fenster und beobachteten, wie sich Cécile von den Damen des Festkomitees verabschiedete. Die Frauen stiegen in ein winziges giftgrünes Auto und brausten durch das Burgtor davon.

»Glaubst du, der Typ mit dem Schwert kommt heute Nacht wieder?«, fragte Russell und versuchte, nicht besonders besorgt zu klingen.

»Schwer zu sagen«, nuschelte Johnny mit vollem Mund. »Aber in unseren Zimmern sind wir sicher. Wir streuen etwas Salz und afrikanische Traumwurzelspäne auf die Türschwellen. Dann haben die Geister keine Chance.«

Russell runzelte nachdenklich die Stirn. Er hegte kein besonderes Vertrauen zu Traumwurzel und Salz. Er dachte sogar laut darüber nach, seine Mum anzurufen und über Nacht nach Hause zu fahren. Erst als Johnny ihm versprach, ihn ganz sicher aufs Klo zu begleiten, die Verbindungstür zwischen den Zimmern offen zu lassen und den Gargoyle 5000 neben Russells Bett zu parken, gab er nach.

Sie spielten so lange Mau-Mau, bis sie richtig müde waren, und beschlossen dann sich hinzulegen.

Russell wühlte nebenan in seiner Reisetasche nach seinem Schlafanzug, und Johnny warf aus reiner Gewohnheit einen letzten Blick aus dem Fenster. Wolken zogen in schneller Folge an einem fahlen Mond vorbei, und die kleine Lampe über der Toreinfahrt warf ihr gelbes Licht auf das Rednerpult und die mit Heidekraut geschmückte Tribüne im Hof.

Johnny wollte das Fenster gerade schließen, da blieb sein Blick an etwas Dunklem, Unförmigem hängen, das direkt gegenüber von den Zinnen des Wehrgangs baumelte. Er kniff die

Augen zusammen, um besser sehen zu können, und zuckte erschrocken zurück.

Das, was dort hing, war ein Mensch!

»Russell! Russell!«, quietschte er, und seine Stimme klang gar nicht wie die Stimme eines Geisterjägers.

»Was?« Russell kam zu ihm rüber und knöpfte sich gerade den obersten Knopf seines Pyjamas zu.

»D...D...!« Johnny deutete wortlos aus dem Fenster.

Russell drängte seinen Freund zur Seite und sah ebenfalls hinaus. »Alter Falter! Da hat sich jemand erhängt!«

Johnny holte seine stärkste Taschenlampe aus der Schublade und leuchtete aus seinem Fenster quer über den Hof. Die Gestalt, die dort baumelte, war ungeheuer dick und hatte einen winzigen Kopf, auf der eine schwarze Pudelmütze saß.

»Der ist nicht echt!«, entfuhr es Russell. Johnny atmete erleichtert auf. Russell hatte recht. Das, was dort hing, trug zwar Pullover, Hose und Mütze, aber an Ärmeln und Hosenbeinen guckte büschelweise Stroh heraus.

Langsam ließ Johnny den Strahl seiner Taschenlampe über den Wehrgang wandern und blieb plötzlich an einer Zinne hängen, hinter der sich etwas bewegte.

»Da ist jemand!«, flüsterte Russell und starrte genau wie Johnny über den Hof. »Glaubst du, das sind Geister?«

Johnny schüttelte den Kopf. »Hast du schon mal einen Geist mit roten Haaren gesehen?«

»Mit roten Haaren?« Russell starrte seinen Freund einen Moment lang ungläubig an. »Du meinst, das ist ... Barty?«

»Das werden wir gleich sehen!«, antwortete Johnny grimmig, während er in seine Sneakers schlüpfte.

»Warte auf mich!«, rief Russell. Er sprang samt Pyjama in seine Jeans und zog sich einen Pullover über. Zwei Sekunden später stand er wieder in Johnnys Zimmer. »Sicher ist sicher!«, grinste er und reichte Johnny den Gargoyle 5000. Wortlos nahm Johnny ihn entgegen. Und schon waren sie unterwegs.

Auf dem Korridor war alles ruhig. »Wir gehen durch die Küche!«, gab Johnny das Kommando.

Leise, als wären sie selber Geister, huschten sie durch die Hintertür nach draußen. Geduckt, im Schatten des Wehrgangs, liefen sie über den Hof.

Neben dem Zeughaus führte eine Treppe auf die Mauer hinauf, die die ganze Burg umgab.

»Sie müssen hier irgendwo sein!«, flüsterte Johnny und schlich die ausgetretenen Stufen nach oben. Russell blieb ihm dicht auf den Fersen. Der Mond, der sich bis eben hinter einer Wolke versteckt hatte, trat nun hervor und schickte sein bleiches Licht über die Zinnen.

In diesem Moment erklang ein zweistimmiger Schrei, und schnelle Schritte kamen ihnen polternd entgegen. Johnny und Russell rannten die letzten Stufen der Treppe hinauf und standen im nächsten Moment Barty und Alfie gegenüber.

»D...D...D...!«, stotterten beide und zeigten mit bebenden Fingern hinter sich.

Ein Blick genügte, um Johnny zu zeigen, was die beiden so erschreckt hatte. Tommy Drum marschierte mit stampfenden Schritten über den Wehrgang und schlug seine Trommel, während der tanzende Kilt ihn wie ein Hündchen begleitete.

»D...D...D...!« Barty und Alfie konnten sich überhaupt nicht mehr beruhigen.

»Das grüne Gespenst und der Horror-Rock!«, ächzte Alfie.

»Mach Platz, lass mich durch!« Barty wollte Johnny zur Seite drängen, doch der dachte nicht daran, den Weg frei zu machen. So leicht sollten die beiden nicht davonkommen.

»Habt ihr nicht etwas vergessen?«, fragte er lässig und ließ Tommy Drum dabei keine Sekunde aus den Augen.

Barty und Alfie warfen einen furchtsamen Blick zurück.

»Ja, was ist mit eurer Vogelscheuche?«, fragte Russell unglaublich cool, aber mit schlotternden Knien.

»Lasst uns durch!«, verlangte Alfie.

»Nicht bevor ihr nicht euren Kumpel geholt ...« Johnny brach mitten im Satz ab. Tommy Drum kam immer näher. Gruseligerweise hatte er seinen Mund so weit aufgerissen, dass ihm der Unterkiefer bis auf die Brust fiel. Er sah aus wie ein Nussknacker, der das ganze Universum verschlingen wollte. Mit Riesenschritten stürmte er heran, und der Kilt an seiner Seite rotierte wie die Bürsten einer Autowaschanlage.

Barty und Alfie nutzen die Schrecksekunde, um sich blitzschnell hinter Johnny zu verstecken. Der zögerte keinen Moment und schoss einen Strahl Salzwasser in Richtung der beiden Geister. Die schienen den Angriff überhaupt nicht zu bemerken. Doch der zweite Strahl traf Tommy Drum mitten in seinen Geisterschlund. Er blieb stehen, und der schwebende Kilt schüttelte sich wie ein nasser Hund.

»Verzieht euch!«, rief Johnny. Barty und Alfie standen mit offenen Mündern da und blickten abwechselnd auf Tommy Drum und auf Johnny. Der schoss einen letzten Strahl Salzwasser vor Tommy Drums Füße, und im nächsten Moment lösten sich der Geist und der Kilt auf. Zurück blieben zwei grünlich schimmernde Flecken.

Barty und Alfie starrten sich kurz an. Dann stießen sie Johnny und Russell zur Seite und flüchteten Hals über Kopf die Treppe hinunter.

»He, lasst euren Kumpel nicht hängen!«, rief Johnny ihnen nach, und Russell fing an, wie befreit zu lachen.

Er lachte, bis ihm die Tränen kamen. »Hast du das gesehen ... hast du ihren dämlichen Blick gesehen?«, quiekte er. »Ich wette, die haben sich vor lauter Angst in die Hosen gemacht!«

»Hundertpro!«, grinste Johnny.

Nachdem sie die Strohpuppe vom Wehrgang gepflückt hatten, kehrten sie zurück in Johnnys Zimmer. Sie waren viel zu aufgekratzt, um sofort zu schlafen. Also holte Johnny den Schädel aus dem Schrank, um ihm von ihrem Abenteuer zu erzählen. Erasmus war von der Störung wenig begeistert. Er hätte viel lieber weiter in dem alten Buch gelesen, das Johnny für ihn aus der Waffenkammer mitgenommen hatte.

Russell holte eine Box Schokoküsse aus seiner Reisetasche und kletterte damit zu Johnny aufs Bett.

»Ich wette, die beiden hatten keine Ahnung, was da überhaupt abging!«, mampfte er genüsslich und wischte seine Schokofinger heimlich an Johnnys Bettdecke ab.

»Stimmt. Sie hatten richtig Schiss«, lachte Johnny zufrieden. Und dann gingen sie jedes Detail der Geisterjagd noch einmal durch.

»Was sagst du dazu?«, fragte Johnny nach einer Weile.

Der Schädel gähnte. »Herzlichen Glückwunsch. Und jetzt würde ich gerne weiterlesen, wenn ihr nichts dagegen habt.«

»Ist das alles?« Die Jungs sahen ihn empört an. »Erst zwingst du uns dazu, den ganzen Nachmittag Pentagramme zu zeichnen und für die Geisterjagd zu üben. Und wenn es dann geklappt hat, willst du sofort zurück in deinen Schrank? Kein Lob, kein *Weiter so* oder *Ich bin stolz auf euch*?«

Der Schädel holte tief Luft. »Also gut. Weiter so. Ich bin stolz auf euch. Habt ihr prima hinbekommen. Wäre ja auch blöd, wenn der Kerl euch durch sein Maul in die Zwischenwelt katapultiert hätte, dann hättet ihr nämlich ein echtes Problem.«

Johnny und Russell sahen sich erschrocken an. »Du meinst, er hätte uns einsaugen können?«

»Yep. Und wenn du mich jetzt bitte zurück in den Schrank setzen würdest, wäre ich dir sehr verbunden.«

»Aber …«

»Ende der Durchsage!«, schnitt Erasmus ihm das Wort ab.

»Wie du willst!« Johnny schnappte den Schädel und stopfte ihn wütend in seine Sockenschublade.

»He, was ist mit meinem Buch?«, nuschelte es dumpf.

Es war ungeheuerlich! Dieser Schädel dachte immer nur an sich! Dabei waren Russell und er Tommy Drums Maul nur haarscharf entkommen.

»Ich glaube ihm kein Wort«, versuchte Johnny seinen Freund zu beruhigen. »Der will sich bloß wichtigmachen.«

Russell war sich da nicht so sicher. »Der Geist hätte uns einsaugen können?«, fragte er noch einmal ungläubig.

»Quatsch. Du hast doch gesehen, wie ich ihn im Griff hatte.«

»Schon, aber …«

»Na siehst du«, sagte Johnny und klopfte Russell aufmunternd auf die Schulter. Doch ganz sicher war auch er sich nicht.

17. Kapitel

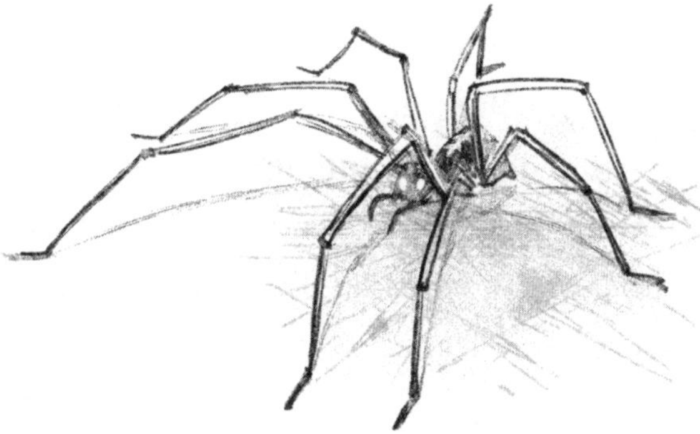

Die Chronik von Greyman Castle

Am nächsten Morgen wurde Johnny von Dudelsackklängen geweckt. Verschlafen setzte er sich auf. Es dauerte einen Moment, bis er begriff, was eigentlich los war. Natürlich, es war der Tag der Highland Games. Und gerade waren die ersten Clans auf der Burg angekommen.

Wie der Blitz sprang Johnny aus dem Bett und schaute aus dem Fenster. Da unten im Hof standen sie alle versammelt. Die MacKenzies, die Forbes, die Crox und wie sie alle hießen. Natürlich waren nicht alle Teilnehmer der Spiele Angehörige eines Clans. Aber sie stammten zumindest aus derselben Gegend und versammelten sich hinter den dazugehörigen Tartans, wie man die speziellen Muster nannte, aus denen die Kilts gewebt waren.

Die Sinclairs nahmen an den Wettkämpfen traditionell nicht teil. Aber der Lord der Burg hieß die Gäste willkommen und stellte seinen Burghof als Versammlungsort zur Verfügung. Da seine Eltern nicht im Land waren, war es Johnnys Aufgabe, die Gäste zu begrüßen. Es war keine große Sache. Das Einzige, was ihn daran störte, war der Schottenrock, den er dabei tragen musste.

Johnny wollte gerade nach nebenan gehen, um Russell zu wecken, als die Tür aufging und Cécile hereinkam.

»Guten Morgen!«, flötete sie gut gelaunt. »Hier ist dein Kilt. Seht zu, dass ihr rechtzeitig mit dem Frühstück fertig werdet. Und pass auf, dass du dich nicht mit Marmelade bekleckerst.«

»Guten Morgen!« Russell stand verschlafen in der Verbindungstür.

»Guten Morgen! Na, hast du dein Schottenröckchen auch dabei?«, neckte ihn Cécile.

»Ich bin Engländer. Wir tragen keine Röcke!«, erwiderte Russell empört.

Johnny hätte auch gerne keinen Rock getragen. Aber an

Weihnachten und zur Eröffnung der Highland Games gehörte der Kilt nun einmal dazu.

»Tee und Toast stehen in der Küche. Wenn ihr mit dem Frühstück fertig seid, kommt ihr am besten raus. Johnny, kennst du deinen Text?«

»Klar. Da gibt es nicht viel zu behalten«, nickte Johnny, und dann war Cécile auch schon wieder aus dem Zimmer.

Russell ließ sich auf Johnnys Bett plumpsen. »Bin ich kaputt! Sag mal, haben wir heute Nacht wirklich Barty und Alfie vor einem Geist gerettet?«

»Haben wir«, bestätigte Johnny.

»Und du bist immer noch sicher, dass du alles im Griff hattest?«

Johnny nickte. Er wollte seinen Assistenten nicht gleich am ersten Tag vergraulen. »Klar, es war total easy-peasy!«, log er und stieg in seinen verblichenen Kilt.

»Wollen wir uns dann nicht auch die anderen Geister vorknöpfen?«, schlug Russell aufgekratzt vor. Offensichtlich hatte er all seine Bedenken über Bord geworfen. »Ich finde, wir sind ein tolles Team.«

Team? Johnny fiel auf die Schnelle nicht ein, was Russell getan hatte, um Tommy Drum zu vertreiben. Aber das behielt er lieber für sich. »Stimmt!«, sagte er. »Nur bevor wir sie uns vorknöpfen, sollten wir herausfinden, was ihnen die Ruhe raubt. Sonst sind sie nämlich gleich wieder da.«

»Verstehe.« Russell rieb sich nachdenklich das Kinn. »Aber woher soll man wissen, was sie so umtreibt? Ich könnte das nicht mal bei meiner Mum sagen.«

»In der Bibliothek gibt es eine Chronik. Sie ist uralt. Darin sind alle wichtigen Ereignisse festgehalten. Leider kann ich sie nicht lesen. Aber vielleicht ... kann Erasmus uns helfen, und wir finden darin etwas über den Schwert schwingenden Highlander und das Geistermädchen heraus.«

»Es gibt auch ein Geistermädchen?«, fragte Russell erstaunt.

Johnny nickte. Er nahm einen hellen gerippten Pullover aus dem Schrank und zog die dunkle Jacke mit den silbernen Knöpfen an.

»Ist sie gefährlich?« Russell klang sofort beunruhigt.

Johnny dachte mit Schaudern an den Schleier vor ihrem Gesicht. Aber davon musste er Russell ja nichts erzählen.

»Ich glaube nicht, dass sie besonders gefährlich ist«, sagte er kurz und kreuzte die Finger hinter seinem Rücken. Dann zog er die passenden Schuhe unter seinem Bett hervor, wischte den Staub mit dem Ärmel ab und war fertig.

Zum Frühstück aßen sie Toast mit Marmelade und kleine Pfannkuchen mit Ahornsirup, die Mrs Adams für sie warmgestellt hatte. Anschließend gingen sie hinaus in den Hof. Es war ein strahlend schöner Herbsttag. Die Luft war frisch und klar. Nicht die kleinste Wolke stand am Himmel.

Cécile hatte sie sofort entdeckt und nickte ihnen beifällig zu. Für sie waren die Highland Games wie ein Sonnenstrahl im Nebel. Sie liebte den Trubel und genoss das Treiben in vollen Zügen. Außerdem konnte sie sich danach regelmäßig über neue Kunden freuen, die sich gern von einer echten Mambo beraten lassen wollten.

In diesem Moment rollte die schwarze Limousine des Bürgermeisters durch die Einfahrt und zog alle Aufmerksamkeit auf sich. Er war ein bisschen spät dran, nahm sich aber trotzdem die Zeit, etliche Hände zu schütteln. Eilig winkte Cécile Johnny zu sich heran. Russell nahm währenddessen auf der alten Kanone Platz und bewunderte die Lässigkeit, mit der sein Freund ans Rednerpult trat.

Für Johnny war das nichts Neues. Er machte diesen Job seit seinem achten Lebensjahr und hatte im Begrüßen der Gäste inzwischen Routine. »Die wie vielten Wettkämpfe sind es?«, fragte er Cécile im Vorbeigehen.

»Die 94.«, flüsterte sie. Und dann stand Johnny auch schon am Mikrofon.

»Guten Morgen, alle zusammen!« Er lächelte. »Ich freue mich, Sie zu den 94. Highland Games auf Greyman Castle begrüßen zu dürfen, und erkläre die Spiele hiermit für eröffnet. Mögen sie fair und erfolgreich sein! Das Wetter passt jedenfalls!«, setzte er nach, und schon war sein Job erledigt.

Die Leute lächelten und applaudierten freundlich. Dann

übernahm der Bürgermeister die weitere Ansprache, und Johnny kehrte zu Russell zurück.

»Perfekt!«, lobte der. »Ich hätte keine Lust, jedes Jahr solche Reden zu halten.«

Johnny zuckte mit den Schultern. »Man gewöhnt sich daran. Was meinst du? Wollen wir uns jetzt die Chronik in der Bibliothek ansehen? Bis der Bürgermeister aufhört zu reden und die Spiele auf dem Festplatz endlich anfangen, haben wir vielleicht schon etwas Interessantes herausbekommen.«

»Klar, aber hast du nicht gesagt, du kannst die Chronik nicht lesen?«, fragte Russell.

»Schon, aber wozu habe ich einen gebildeten, sprechenden Schädel in meinem Schrank?«, grinste Johnny.

»Vor allem eingebildet«, grinste Russell ebenfalls und folgte Johnny auch schon auf sein Zimmer.

»Ich wette, der Schädel schmollt immer noch, weil du ihn gestern so einfach in deine Sockenschublade gestopft hast«, sagte Russell und warf sich auf Johnnys Bett.

»Ach was, ich werde ihn schon überreden.« Johnny zog die oberste Lade auf und stutzte. Es waren nur noch Socken darin. Von Erasmus keine Spur. Verwirrt sah Johnny sich um.

»Falls du mich endlich suchst, ich bin hier!«, kam eine nörgelnde Stimme von zwei Schubladen tiefer. »Die Socken waren eine Zumutung. Die Schurwolle kribbelte sehr unangenehm in der Nase.«

»In welcher Nase?«, flüsterte Russell, sodass nur Johnny es hören konnte.

Johnny war sehr erleichtert, dass Erasmus noch da war. Er zog die Schublade auf und nahm den Schädel schnell an sich.

»Und?«, fragte der.

»Und was?«, fragte Johnny zurück.

»Willst du dich nicht entschuldigen? Es war äußerst respektlos, wie du gestern Nacht mit mir umgegangen bist. Und nur damit du's weißt: Sollte es dir jemals wieder einfallen, mich wie eine stinkende Socke in eine Schublade zu stopfen, bin ich weg! Verstanden?« Erasmus funkelte Johnny mit seinem Mondsteinauge wütend an.

»Tut mir leid«, sagte Johnny zerknirscht. »Hast du wenigstens gut geschlafen?«

»Nein!«, antwortete der Schädel.

Johnny machte eine kurze Pause. Es war gar nicht so leicht, jetzt die Kurve zu kriegen und den Schädel bei der Chronik um Hilfe zu bitten. Er versuchte es trotzdem.

»Wir wollen in die Bibliothek, um etwas über die Geister herauszufinden. Hast du vielleicht Lust mitzukommen?« Johnny bemühte sich, besonders liebenswürdig zu klingen.

Russell stieß seinen Freund an. »Zwitschere hier nicht rum wie ein Rotkehlchen. Er ist bloß ein Schädel. Pack ihn ein und nimm ihn mit!«

Johnny kam ganz nah an Russell heran. »So einfach ist es

nicht«, flüsterte er seinem Freund ins Ohr. »Wenn uns einer helfen kann, dann der Schädel. Wir müssen ihn schon ein bisschen bei Laune halten ...«

»So ist es!«, knirschte der Schädel, der trotz des Flüsterns jedes Wort mitbekommen hatte.

Johnny drehte sich zu ihm um. »Also, was ist? Kommst du mit, oder willst du hierbleiben?«

»Ich komme mit!«, antwortete Erasmus gnädig.

Das ließ sich Johnny nicht zweimal sagen und klemmte sich den Schädel unter den Arm.

Die Chronik von Greyman Castle war nicht nur ein besonders schönes, sondern auch ein besonders dickes Buch. Auf ihrem ledergebundenen Umschlag prangte in goldenen Lettern das Motto der Sinclairs: *Ich bin bereit.*

Und irgendwie passte es ganz gut zu Johnnys momentaner Situation. Er war ebenfalls bereit. Bereit, es mit sämtlichen Geistern der Burg aufzunehmen, die hier durch die Flure spukten.

Vorsichtig holte er das Buch aus dem Regal und legte es auf den Tisch. Russell war schwer beeindruckt. »Wow, so etwas habe ich bisher nur im Museum gesehen.« Beinahe andächtig blätterte er durch die Seiten. Dann seufzte er. »Schade, ich kann diese komische Schrift auch nicht lesen. Ist das überhaupt Englisch?«

Johnny zuckte mit den Schultern und sah Erasmus an. »Wie ist es mit dir? Kannst du das lesen?«

»Sicher!«, antwortete der Schädel lässig und schwieg.

»Und ... würdest du es für uns tun?«

»Aber bitte laut!«, brummte Russell dazwischen.

»Es kommt ganz darauf an, wie viel euch an einer Zusammenarbeit gelegen ist«, antwortete Erasmus.

»Okay, nenn uns deine Bedingungen!«, verlangte Russell, der sofort begriffen hatte, worauf der Schädel hinauswollte.

»Bedingung Nummer eins: Ich verlange Respekt! Kein Stopfen in irgendwelche Schubladen, unter Betten oder sonst wohin. Verstanden?«

Die Jungs nickten.

»Bedingung Nummer zwei: Ich brauche Zeit für meine eigenen Nachforschungen. Auf Wunsch bringt ihr mich also in die Bibliothek, die Kammer des Alchemisten oder wohin ich sonst gerne möchte. Bedingung Nummer drei ...«

»Hört das auch irgendwann auf?«, flüsterte Russell und verdrehte die Augen.

»Bedingung Nummer drei: Ich brauche immer genügend Kerzen. Denn ich schlafe nicht und widme mich auch nachts meinen Studien.«

»Geht klar!«, versprach Johnny schnell. »Aber dafür können wir dich jederzeit um Rat und Hilfe bitten. Abgemacht?«

»Abgemacht!«

»Gut, dann lies uns jetzt aus dem Buch vor. Aber bitte die richtigen Stellen.« Johnny hatte wenig Lust, mit Johann dem Buckligen anzufangen. Mit dem startete die Chronik nämlich.

»Schlagt das Buch in der Mitte auf!«, verlangte der Schädel und glitt über das Pult dicht an das Buch heran.

»Wow!«, staunte Russell.

»Jetzt blättere ein paar Seiten zurück.« Johnny tat, was der Schädel verlangte.

»Stopp! Hier haben wir es schon.« Erasmus überflog den Eintrag.

Erstaunt sah Johnny ihn an. »Wie hast du das so schnell gefunden?«

»Das war nicht besonders schwer. Ich habe ihn gesehen, ich habe ihn gehört. Das Jahrhundert stand demnach fest. Aber willst du jetzt wissen, was hier steht?«

»Ja, lies!«, sagte Johnny und nickte eifrig.

Und das tat Erasmus. Er las und las und las. Allmählich wurden die Jungs ungeduldig.

»Was steht da?«, fragte Johnny schließlich. »Es wäre schön, wenn du nicht nur lesen, sondern zwischendurch auch reden würdest.«

»Geduld! Das ist ein gälischer Dialekt und nicht einfach zu entziffern.« Schließlich sah Erasmus die Jungen an. »Wenn ich den Text richtig verstanden habe, handelt es sich bei dem Schwert schwingenden Highlander um Malcolm den Wilden.

Drittgeborener aus dem Hause Sinclair. Der war ein echter Wüterich. Er liebte die Frauen, die Jagd und den Kampf. Letzteres wurde ihm schließlich zum Verhängnis.«

»Wurde er in der Schlacht getötet?«, fragte Russell mit großen Augen.

»Nein. Und genau das ist das Dilemma. Malcolm Sinclair hatte am Abend zuvor so heftig gefeiert, dass er die Schlacht am nächsten Morgen einfach verpennte. Als er feststellte, dass die anderen ohne ihn in den Kampf gezogen waren und die Schlacht bereits vorbei war, als er endlich ankam, brachte ihn das derart in Rage, dass er sich in sein eigenes Schwert stürzte. Gleich darauf hat er die Sache natürlich bereut. Doch da war es leider zu spät. Tot ist nun mal tot. Und weil Malcolm als Selbstmörder unmöglich in der Gruft der Sinclairs beigesetzt werden durfte, hat man ihn außerhalb der Burgmauern begraben. Eine typische Geisterkarriere, wenn ihr mich fragt.«

»Und wie kann man einen Kerl wie Malcolm Sinclair loswerden?«, wollte Johnny wissen.

»Gar nicht, immerhin ist Greyman Castle sein Zuhause.« Der Schädel machte eine Pause. »Es sei denn ... man bestattet ihn dort, wo sein eigentlicher Platz ist. In der Gruft der Sinclairs. Das könnte ihn möglicherweise besänftigen. Aber dafür ist es jetzt wohl leider zu spät, oder habt ihr eine Ahnung, wo man ihn damals begraben hat?«

Johnny schüttelte den Kopf.

Von draußen ertönte das Lied der Highlander. »Jetzt marschieren sie zur Festwiese«, sagte Russell und sah sehnsüchtig aus dem Fenster.

Johnny Sinclair kaute nervös auf seiner Unterlippe. Er war hin- und hergerissen zwischen dem Wunsch, die Wettkämpfe zu sehen, und seiner Neugier, mehr über die Geister von Greyman Castle zu erfahren.

»Lass Erasmus nachsehen, ob auch etwas über das Geistermädchen in der Chronik steht«, bat Johnny.

Russell verdrehte zwar die Augen, aber er war einverstanden.

»Meinst du, darin gibt es einen Eintrag über sie?«, fragte Johnny.

»Vermutlich, schließlich war sie die Braut eines Sinclairs.«

»Sie war eine Braut?«, staunte Russell. »Ich dachte, sie wäre ein Mädchen.«

Johnny schluckte. Er musste an den dünnen Schleier denken, als er sie das letzte Mal gesehen hatte.

Erasmus dachte nach. »15. Jahrhundert, würde ich schätzen.« Er ließ Johnny das Buch im ersten Drittel aufschlagen und überflog die Seiten. »Geboren ... gestorben ... verheiratet ... seltsam ... nichts.« Erasmus ließ Johnny vor- und zurückblättern. Dann sah er von der Chronik auf. »Tut mir leid. Es wird niemand erwähnt, auf den ihre Erscheinung passt.«

Johnny runzelte die Stirn. »Warum spukt sie denn dann hier herum?«

»Das kann ich dir leider nicht beantworten«, sagte der Schädel. »Aber du solltest es schleunigst herausfinden, wenn du wirklich Ruhe vor ihr haben willst. Doch Vorsicht! Gerade diese Sorte Geister ist besonders gefährlich. Ihr Hass und ihr Groll wachsen über die Jahre ins Unermessliche. Und sie wollen sich an den Lebenden rächen, die sie für das Vergessen verantwortlich machen.«

»Hier steckt ihr also!« Cécile kam plötzlich zur Tür herein, und Johnny gelang es gerade noch, Erasmus hinter seinem Rücken zu verstecken. »Die Spiele fangen gleich an. Wenn ihr Lust habt, könnt ihr mit Mrs Adams und Mr Hopps in der Kutsche nach Grey-Meadow fahren.«

»Also, ich hätte schon Lust ...«, fing Russell an.

Doch Johnny schnitt ihm einfach das Wort ab. »Fahrt ruhig schon vor. Wir kommen gleich nach«, sagte er schnell.

»Wie ihr wollt!«, antwortete Cécile und zog die schwere Eichentür hinter sich zu.

»Jetzt ist sie weg!«, meinte Russell bedauernd. »Ich bin noch nie in einer Pferdekutsche gefahren. Wir werden ganz sicher zu spät kommen.«

Russell hatte recht. Sie mussten sich beeilen, wenn sie die Eröffnung nicht verpassen wollten. Außerdem fand Johnny, dass sie für den Moment genug herausgefunden hatten.

»Was ist mit dir, Erasmus? Möchtest du nicht auch die Spiele sehen? Ich könnte dich in meinem Rucksack mitnehmen.«

»Bitte bewahre mich davor. In dem Ding werde ich jedes Mal seekrank. Die Fahrt über den Ozean im Bauch der spanischen Galeone war nichts gegen diesen dunklen Sack, den du immer auf dem Rücken trägst.«

»Schon gut, war ja nur eine Frage.«

Also versteckte Johnny den Schädel hinter zwei dicken Wälzern im Regal und machte sich mit Russell auf den Weg zum Festplatz.

18. Kapitel

Neidköpfe

Grey-Meadow war eine Wiese gleich unterhalb der Burg. Die meiste Zeit des Jahres grasten hier Schafe, aber heute war der Tag der Highland Games.

Bereits von Weitem hörten Russell und Johnny fröhliche Stimmen und anfeuernde Rufe. Ganz Blacktooth schien auf den Beinen zu sein. Es gab Wettkämpfer, Schiedsrichter, Marktstände und ein paar Karussells, die gut besetzt ihre Runden drehten. Es herrschte großer Trubel, und aus der Ferne sah es so aus, als hätte man eine Riesenpackung bunte Smarties über der grünen Wiese ausgekippt.

Während Russell sich sofort an einem Stand für Lakritzschnecken anstellte, entdeckte Johnny in der Menge Mrs Adams und Mr Hopps. Ihm ging die Geschichte vom Highlander nicht mehr aus dem Kopf, und vielleicht konnten sie ihm sagen, wo Malcolm Sinclair begraben lag. Johnny drängelte sich durch die Menge. »Hallo, Mrs Adams! Hallo, Mr Hopps!«

»Ah, sieh mal an. Der junge Lord Sinclair! Gut siehst du aus!«, lobte Mr Hopps.

»Der Kilt steht dir ausgezeichnet!«, bestätigte Mrs Adams. »Auch wenn deine Knie ein bisschen knubbelig aussehen. Aber das kriegen wir mit etwas Porridge schon hin.«

»Sicher!«, antwortete Johnny brav und wandte sich an Mr Hopps. »Erinnern Sie sich noch an unser letztes Gespräch?«

»Du meinst das über Geister und den Amazonas?«, fragte Mr Hopps augenzwinkernd.

»Genau!«, nickte Johnny. »Ich habe in der Chronik geblättert, so wie Sie es mir geraten haben. Und da bin ich auf einen Eintrag gestoßen, in dem stand, dass einer meiner Vorfahren nicht auf Greyman Castle, sondern außerhalb der Burgmauern begraben wurde. Haben Sie vielleicht eine Ahnung, wo sich sein Grab befindet?«

Mr Hopps dachte kurz nach. »Nein, tut mir leid.«

Und auch Mrs Adams schüttelte den Kopf. »So eine Geschichte ist mir nicht bekannt. Und ich kenne einige Geschichten.«

»Okay, trotzdem vielen Dank!«, sagte Johnny enttäuscht und wollte sich gerade auf die Suche nach Russell machen, als der neben ihm auftauchte.

»Ach, hier steckst du!« Russell reichte Johnny eine Lakritzschnecke. »Das Baumstammwerfen hat schon angefangen. Lass uns rübergehen und zusehen.«

Sie verabschiedeten sich von Mrs Adams und Mr Hopps und machten es sich unter einem Baum gemütlich. Während Johnnys Gedanken immer wieder zu Malcolm Sinclair wanderten, feuerte Russell lieber das Team aus Blacktooth an.

»Wenn nicht einmal Mrs Adams oder Mr Hopps von einem Grab außerhalb der Burgmauern wissen, dann weiß es keiner«, brummte Johnny. »Dann werden wir den Kerl niemals los.«

»Ach, das wird schon.« Russell hörte nur mit halbem Ohr zu. Er beobachtete gespannt einen Mann, der einen sechs Meter langen Baumstamm in seinen Händen balancierte und ihn dann einfach von sich schleuderte.

Johnny bedachte Russell mit einem bösen Blick. Sein Interesse an dem Highlander war leider nur halb so groß wie sein eigenes. Russell sah sich lieber fliegende Baumstämme an, als sich mit Malcolm Sinclair zu beschäftigen.

Es war klar, dass es mit so einem Assistenten alles andere als einfach werden würde.

»Guck mal, wer da kommt«, sagte Russell plötzlich mitten in seine Gedanken hinein. Johnny sah auf. Barty und Alfie kamen direkt auf sie zu.

»Na, Sinclair. Noch am Leben?«, grunzte Barty, und Alfie grinste so dümmlich wie immer.

»Und selbst?«, wollte Johnny wissen. »Habt ihr schon eure Unterhosen gewechselt? Die waren gestern Nacht nämlich ganz schön voll.« Er grinste. Die Gefahr, von Barty verprügelt zu werden, tendierte bei all den Leuten gen null. Trotzdem stand er vorsichtshalber auf. Russell tat es ihm nach und brachte zur Sicherheit gleich den Baumstamm zwischen sich und die anderen. Barty Bell wurde rot wie ein Ampelmännchen. Man musste kein Hellseher sein, um zu ahnen, wie gern er sich Johnny vorgeknöpft hätte.

»Das war doch alles bloß Show!«, zischte er verächtlich. »Niemand glaubt, dass du mit einer Wasserpistole Geister jagen kannst.«

»Jo, niemand!«, grollte Alfie.

»Warum seid ihr dann so schnell gelaufen, wenn alles bloß Show war?«, fragte Johnny.

»Hallo, Jungs! Hat jemand Appetit auf frischen Haggis?« Cécile kam ihnen mit einem Teller entgegen, auf dem sich eine bräunliche Masse befand.

Barty spuckte Johnny vor die Füße, dann machten die beiden kehrt und verschwanden wortlos im Gedränge.

»Waren das nicht zwei Jungs aus deiner Klasse?«, fragte Cécile verwundert.

»Das waren vor allem zwei Idioten«, antwortete Johnny.

»Die muss es auch geben. Also, was ist? Habt ihr Hunger auf ein bisschen traditionelles Essen?«

Johnny und Russell schüttelten die Köpfe.

»Wie ihr wollt!« Cécile schob sich einen Bissen in den Mund und war auch schon wieder in der Menge verschwunden.

»Haggis. Schafsmagen. Bäh!«, schnaubte Johnny. »Ich kriege das Zeug einfach nicht runter.«

»Guck mal, ist das nicht Millie?«, fragte Russell und deutete einmal quer über den Platz. »Es sieht aus, als müsste sie wieder einmal auf ihren kleinen Bruder aufpassen.«

Johnny sah sich um. Russell hatte recht. Millie hielt ihren vierjährigen Bruder an der Hand und ließ sich von ihm über den Platz ziehen.

»Willst du nicht ›Hallo‹ sagen?«, fragte Russell und grinste breit.

»Nö, wieso?«, fragte Johnny und spürte dummerweise, dass er rot wurde.

»Hi, Millie!«, rief Russell und winkte wie verrückt.

»Was soll das?«, fragte Johnny gereizt.

»Ich dachte, du freust dich!«, meinte Russell scheinheilig.

Millie tat, als hätte sie die beiden nicht gesehen, und zog ihren Bruder energisch in die entgegengesetzte Richtung fort.

Auf den Baumstammweitwurf folgte das Tauziehen. Es war Johnnys Lieblingsdisziplin, weil sich die Teams, die sich dabei gegenüberstanden, jedes Mal so richtig schön provozierten.

»Loser! Nulpen!«, schallte es auch jetzt über den Wettkampfplatz. Der Clan der Buchanans trat gegen die MacMolls an.

»Die MacMolls sind lauter Trolls! Die MacMolls sind lauter Trolls!«, skandierten die Buchanans.

»Buchanan, greif endlich an!«, riefen die MacMolls.

Johnny mochte die wilden Kerle von MacMolls Grund. Sie sahen mit ihren Helmen und Hörnern zwar eher nach Wikingern als nach Schotten aus, aber sie brachten frischen Wind in die Spiele, und es gab immer etwas zu lachen.

Russell rollte seine letzte Lakritzschnecke ab und ließ sie aus seinem Mund baumeln. »Sie sind überhaupt kein richtiger Clan«, nuschelte er. »Nur weil sie alle dieselbe dämliche Musik hören und sich in MacMolls Grund treffen, sind sie noch lange kein echter Clan.«

Johnny zuckte mit den Schultern. Natürlich hatte Russell recht. Die MacMolls waren kein schottischer Clan, sondern ein Haufen durchgeknallter Heavy-Metal-Fans. Die Farben ihrer Kilts waren Grau und Schwarz. Gerade jetzt fletschten sie die Zähne, als wollten sie ihre Gegner verschlingen, und zogen wie die Teufel an dem dicken Seil. Zentimeter für Zentimeter zerrten sie die Buchanans auf ihre Seite.

»Clan Buchanan, steht euren Mann!«, feuerten Russell und die anderen Buchanan-Fans ihren Clan an.

Johnny hatte sich inzwischen wieder unter den Baum gesetzt und lehnte sich entspannt zurück. Die T-Shirts der wilden Kerle waren absolut cool. Sie zeigten einen großen grauen Wolf und darüber den Schriftzug *MacMoll*. Und plötzlich fiel es ihm wie Schuppen von den Augen.

Mit einem begeisterten Schrei sprang Johnny auf. »Ich glaube, ich hab's!«

Russell sah ihn irritiert an. »Spinnst du? Die Buchanans verlieren, und du jubelst?! Oder bist du etwa für die Blödmänner in Schwarz?«

»Siehst du das? Siehst du das?«, rief Johnny völlig aus dem Häuschen.

»Jetzt beruhig dich mal«, brummte Russell und sah seinen Freund genervt an. »Selbst wenn sie gewinnen, ist das noch lange kein Grund ...«

»Es ist ein Anagramm!«

»Ein was?«

»Ein Anagramm. Das ist ein Wort, das durch Umstellen der Buchstaben ein anderes Wort ergibt«, erklärte Johnny eifrig.

»Alter, was redest du da? Wir sind hier beim Tauziehen und nicht in der Schule.«

»Seltsam, dass mir das nicht sofort aufgefallen ist. MacMoll! Stell das Wort doch mal um.«

»Wieso sollte ich? Das klingt auch so schon blöd genug. Mollamc. Lam... Da fehlt nur noch das H für echt lahm ...«

»Probier's mal mit Malcolm«, schlug Johnny vor.

Russell stutzte. »Malcolm? Boah, tatsächlich! Was für ein Zufall!«

Johnny grinste. »Ich glaube nicht, dass das ein Zufall ist. Und wie heißt der Ort, an dem sie sich treffen?«

»MacMolls Grund«, sagte Russell.

»MacMolls Grund«, wiederholte Johnny. »Oder Malcolms Grund. Ich glaube, wir haben die Lösung. Ich bin mir ziemlich sicher, dass wir jetzt wissen, wo unser Highlander begraben liegt.«

Russell starrte seinen Freund an, als hätte der den Nobelpreis bereits in der Tasche.

»Ganz schön clever. Aber du hast recht! Du hast bestimmt recht! Bingo! Sobald die Spiele vorbei sind, sollten wir uns unbedingt dort umsehen und nach Malcolms Grab suchen«, meinte Russell und grinste breit. »Aber als Belohnung brauche ich jetzt erst mal eine Riesenportion Zuckerwatte. Denksportaufgaben machen mich irgendwie hungrig.«

Mit diesen Worten stapfte Russell davon, und Johnny verdrehte nur die Augen, während er seinem Freund wortlos folgte.

Dann stand endlich die letzte Wettkampfdisziplin auf dem Programm: Kartoffelweitwurf. Und nachdem auch dort der

Sieger feststand, waren die Highland Games beendet. Die Dudelsackspieler der Clans versammelten sich in der Mitte des Festplatzes und marschierten dann dudelnd hinauf zur Burg.

Die Bewohner von Blacktooth waren zufrieden, und während die einen nach Hause zum Abendessen gingen, folgten die anderen den Dudelsackspielern und Wettkämpfern auf die Burg, um bei der Siegerehrung dabei zu sein und noch ein bisschen zu feiern.

Auf Russells Drängen hatte sich Johnny diesmal überreden lassen, die Kutsche zu nehmen. In einem offenen Wagen, der von zwei struppigen Highland-Ponys gezogen wurde, fuhren sie hinauf zur Burg. Johnny gab es zwar nicht zu, aber er fühlte sich in der Kutsche sehr wohl. Es hatte etwas Erhabenes, seiner eigenen Burg entgegenzufahren, während die untergehende Sonne ihre Zinnen in goldenes Licht tauchte. Mit klappernden Hufen fuhren sie durch den Torbogen in den Burghof. Inzwischen brannten hier unzählige Fackeln, und auf der Tribüne lagen die handgebundenen Distelsträußchen bereit, mit denen die Sieger ausgezeichnet werden sollten.

Johnny stieg als Erster von der Kutsche. Er wollte den Schottenrock endlich gegen seine Jeans tauschen und nach Erasmus sehen. Aus reiner Gewohnheit warf er einen Blick hinauf zu seinem Fenster – und traute seinen Augen nicht: Der Neidkopf, der das Mauerwerk über dem Eingang schmückte, hatte Gesellschaft bekommen. Neben der steinernen Fratze schaute

Malcolm Sinclairs durchscheinender Kopf aus der Burgmauer und sah alles andere als erfreut aus.

»Verräter!«, brüllte er, als er den Kilt eines ehemals verfeindeten Clans erblickte. Sein Schrei dröhnte wie Donnerhall über den Hof. Erschrocken sahen sich die Menschen um. Doch da war der Kopf des Highlanders auch schon wieder verschwunden, und niemand konnte sagen, woher der Schrei gekommen war.

»Was war das?«, fragte Russell verwirrt.

Und Johnny fragte sich, wie er so schnell an das Bockwürstchen gekommen war, das er gerade in der Hand hielt. »Klang nach Malcolm Sinclair!«, meinte er.

»Es klang vor allem wütend«, fand Russell und folgte Johnny im Laufschritt die Treppen hinauf.

»Wir müssen Erasmus aus der Bibliothek holen. Ich habe das Gefühl, als könnte es heute Abend noch Ärger geben!«

»Dann müssen wir uns bewaffnen«, schnaufte Russell.

»Unbedingt.« Johnny stürmte in sein Zimmer, zog sich schnell um und befüllte den Gargoyle 5000 mit frischem Salzwasser aus der Gießkanne.

»Zu dumm, dass ich meine eigene Wasserpistole nicht dabeihabe«, sagte Russell. »Sonst hätte ich dir helfen können.«

»Du kannst mir auch so helfen. Hier!« Johnny warf seinem Freund das Salzhorn zu, das im Starterpaket für Geisterjäger dabei gewesen war.

»Was soll ich damit?«, wunderte sich Russell.

»Du sollst das tun, was wir gestern den ganzen Abend geübt haben!«, antwortete Johnny ungeduldig, während er das Silbernetz in seinen Rucksack warf. Vorsichtshalber steckte er auch ein Stück Kreide ein. Denn es konnte ja sein, dass sie blitzschnell ein Pentagramm zeichnen mussten.

Russell kratzte sich nachdenklich am Kinn. »Wie war das noch? Muss die Spitze des Pentagramms nach oben oder nach unten zeigen?«, fragte er.

Johnny dachte kurz nach und musste zugeben, dass er es nicht wusste. Jedenfalls nicht hundertprozentig. Hundertprozentig wusste er nur, dass es wichtig war, *ob* die Spitze des Pentagramms nach oben oder unten zeigte.

Vorsichtshalber hängte er sich das rostige Amulett um den Hals, das angeblich die Schwinge eines Phönix symbolisierte.

»Ist das ein Amulett?«, fragte Russell misstrauisch und betastete seinen eigenen nackten Hals.

»Hmpf!«, murmelte Johnny und schulterte seinen Rucksack.

»Heißt das Ja?«

»Ja, aber das Ding ist total verrostet. Es nützt eh nichts.«

Russell verschränkte die Arme vor der Brust und rührte sich nicht von der Stelle.

»Okay, aber ich bekomme es wieder!«, knurrte Johnny und hängte ihm das Amulett um den Hals.

»Logisch!«, grinste Russell.

19. Kapitel

Seelensteine

Johnny spähte hinaus auf den Flur. Es war niemand zu sehen. Trotzdem lag eine seltsame Spannung in der Luft. Man konnte es förmlich knistern hören.

Aus lauter Gewohnheit zählte er bis drei, dann gab er Russell ein Zeichen, und sie liefen los. Sie hatten den Treppenturm noch nicht erreicht, als sie plötzlich ein Rumpeln und Stampfen über ihren Köpfen hörten.

»Kommt das aus der Bibliothek?«, fragte Russell.

»Ich glaube schon!« Johnny rannte los und nahm immer zwei Stufen auf einmal.

»He, warte!« Russell hatte echte Probleme mitzuhalten. Vor der Bibliothek blieb Johnny stehen und holte kurz Luft. »Ich zähle bis drei, dann gehen wir rein«, flüsterte er. »Eins ... zwei ... drei ...!« Er stieß die Tür auf, und ein Windstoß fegte ihm fast die Haare vom Kopf.

»Lecko mio!«, staunte Russell.

Fassungslos sah Johnny sich um. Sämtliche Bücher waren aus den Regalen gerissen und lagen verstreut auf dem Boden.

»Arrrgh!!!«

Ein lang gezogener Schrei ertönte, und der Schwert schwingende Highlander sprang von einem Regal mitten in den Raum. Seine bleiche Gestalt war gewachsen und reichte jetzt bis unter die Zimmerdecke.

»Verräter!« Er spuckte ihnen das Wort wie einen Giftpfeil entgegen und glitt lautlos heran.

»Ich ... Ich ... glaube, er meint uns«, stotterte Russell.

Hochmütig blickte der Highlander auf sie herab. Seine farblosen Augen fraßen sich an Johnnys fest. »Du trägst die Farben der Sinclairs, aber nährst die Brut der Redfords an deiner Brust!«, zischte er angewidert. Und im nächsten Moment krachte sein Schwert neben Johnny in den Türrahmen. Holz splitterte, als der Highlander es wieder herauszog. »Verräter!«, brüllte er noch einmal. Malcolm Sinclair sah nicht so aus, als

wollte er nur spielen. Wütend schwang er das Schwert über seinem Kopf, und Russell ging mit einem Satz hinter dem großen Ohrensessel in Deckung.

»Entschuldigen Sie, Sir. Das ist ein Missverständnis ...«, fing Johnny an und tastete nach seinem Gargoyle 5000.

»Kaum!«, knirschte der Highlander. »Ich habe Augen im Kopf und sehe, was für ein erbärmlicher Wurm du bist!« Seine Hand schnellte vor. Und genauso schnell sprang Johnny zur Seite.

Jetzt stand der Geist zwischen ihm und der Tür. Teuflisch grinsend richtete er das Schwert auf den Jungen.

»Erasmus!«, rief Johnny und wich langsam zurück. »Wo bist du? Was soll ich tun?«

»Halte ihn auf Abstand!« Die Stimme des Schädels kam aus einem Bücherstapel.

»Auf Abstand? Wie denn?!«, rief Johnny und schoss verzweifelt einen Strahl Salzwasser in Malcolm Sinclairs Richtung. Wie Säure fraß sich das Salz durch seine Gestalt. Statt zu fliehen, fletschte der Highlander die Zähne und setzte ihm die Schwertspitze an die Kehle. Johnny spürte den kalten Stahl der Klinge. »Sie ... Sie verstehen das falsch!«, stieß er keuchend hervor und schielte zu Russell. »Es gibt keine Feindschaft zwischen ... Tu etwas!« Er hörte Russell hinter dem Sessel aufgeregt schnaufen. »Tu etwas!«, rief er noch einmal.

»Was darf's denn sein?«, fragte der Highlander. »Soll ich

dich ein bisschen piesacken, oder willst du lieber gleich über die Klinge springen?«

Johnny wollte weder das eine noch das andere. »Sir … wir feiern ein Fest. Ein Turnier …« Aus den Augenwinkeln sah er, wie Russell am Salzhorn nestelte. Er schien den Korken nicht herauszubekommen. *Plopp*, machte es dann laut und deutlich.

»Fresser-Alarm!«, rief Johnny, und der Highlander war für eine Sekunde abgelenkt. So schnell, wie er es niemals für möglich gehalten hätte, kam Russell aus seinem Versteck und streute dem Highlander Salz auf die Füße.

»Ahhh!«, schrie der Geist und fing an, auf der Stelle herumzutanzen.

Genauso schnell, wie er ihm das Salz auf die Füße gestreut hatte, zog Russell nun einen Bannkreis um die Erscheinung.

»Baaaah!«, brüllte der Highlander, als er begriff, was geschah. Doch da hatte Russell den Salzkreis bereits geschlossen. Gebannt sahen die Jungs zu, wie Malcolm Sinclair versuchte, aus seinem unsichtbaren Gefängnis zu entkommen. Doch sobald er auch nur in die Nähe der Salzspur kam, fuhr er fluchend zurück.

»Unglaublich!«, staunte Russell. Es sah aus, als würde eine läppische Linie aus Salz ausreichen, den Highlander zu bannen.

»Es wäre nett, wenn ihr mich endlich aus diesem Haufen Papier befreien würdet«, hörten sie da Erasmus' ungeduldige Stimme. Sie entdeckten ihn vergraben unter den *Ungeheuern der Tiefe* und den *Geheimnissen des Klostergartens*.

Vorsichtig zog Johnny den Schädel hervor. »Bist du verletzt?«

»Nein, gerade noch mal gut gegangen«, murrte Erasmus.

»Prima.« Johnny machte eine erwartungsvolle Pause. »Und? Was sagst du nun?«

»Wozu sage ich was?«

»Wir haben den Schwert schwingenden Highlander gebannt!«

»Das ist nicht zu übersehen. Er steht mitten im Raum, wie eine Ming-Vase. Euer Eifer übertrifft eindeutig euer Können!«

Johnny und Russell sahen sich an. »Netter Typ!«, flüsterte Russell.

»Ich fand uns super«, erwiderte Johnny knapp. Dann wandte er sich an Russell. »Das war eine Megashow. Wie bist du bloß so schnell an den Typen rangekommen?«

»Geschwindigkeit ist eben keine Hexerei!«, grinste Russell.

»Unsinn!«, polterte der Schädel. »Es liegt am Amulett. Es verschafft seinem Träger einen Vorsprung. Bei Gefahr wird er nicht sofort wahrgenommen.«

»Echt?« Johnny und Russell starrten Erasmus ungläubig an.

»Wichtig ist, dass wir den Kerl so schnell wie möglich verschwinden lassen«, redete der Schädel weiter. »Er kann hier nicht ewig herumstehen.«

»Ich schneide dir die Ohren ab, du Klapperkiefer!«, dröhnte der Highlander.

»Er hat keine!«, gab Johnny genervt zurück.

Erasmus kümmerte sich nicht um die Störung. »In der Kammer des Alchemisten muss irgendwo ein Geisterlicht versteckt sein ...«

»Unsinn!«, krakeelte der Highlander, dass die Wände wackelten.

»Könnten Sie wohl für eine Sekunde den Mund halten, Sir?«, fragte Johnny.

»Einen Teufel werde ich tun!«

»Schnauze!«, brüllte Erasmus. Der Sturz vom Regal und die zerfledderten Bücher rundherum zerrten gewaltig an seinen Nerven.

»Oooh. Schöne Grüße vom Niveau. Ihr seht euch wohl nicht so oft, oder?«

»Kümmert euch nicht um ihn«, sagte der Schädel. »Wichtig ist, dass wir ihn loswerden. Ein gebannter Geist lockt weitere, mitunter noch schlimmere Erscheinungen an.«

»Fresser zum Beispiel?«

»Fresser«, bestätigte Erasmus. »Und jetzt solltet ihr schleunigst das Geisterlicht suchen.«

Johnny packte den Schädel vorsichtig in seinen Rucksack und ging zum Kamin. »Komm mit!«, winkte er Russell. »Du warst doch so scharf auf den Geheimgang.«

»War ich?«, wunderte sich Russell.

»Der Zugang ist hier im Kamin.« Johnny sah sich suchend

um. »Fragt sich nur, wo der Mechanismus ist, mit dem man ihn öffnet.«

Russell betrachtete nachdenklich die kunstvollen Schnitzereien am Kaminsims und drückte dann auf einen schielenden Wasserdämon, der ihm die Zunge herausstreckte. Mit einem leisen Schleifen öffnete sich die geheime Tür.

»Wow, wie hast du das gemacht?«, staunte Johnny.

»Ich habe einfach auf die hässlichste Fratze gedrückt«, erklärte Russell. »Es sind meistens die Hässlichsten, die den Mechanismus auslösen.«

»Respekt!«, nuschelte der Schädel aus dem Rucksack.

Johnny schaltete seine Taschenlampe ein, und einer nach dem anderen stiegen sie die geheime Treppe hinunter. Unten angekommen, zog Johnny an dem hölzernen Hebel, und der Weg in die Kammer des Alchemisten war frei.

»Wahnsinn!« Russells Augen leuchteten im Schein der Taschenlampe.

Anders als Johnny befürchtet hatte, schien er das Abenteuer noch immer zu genießen.

Suchend ließ der junge Schotte den Strahl seiner Taschenlampe über Wände und Boden huschen. »Der Raum ist winzig. Hier gibt es keine Verstecke«, sagte er.

Russell ging neben ihm in die Knie und schaute unter das grob gezimmerte Bett. »Reich mir mal die Taschenlampe!«, bat er. Johnny gab sie ihm.

»Hier ist etwas. Ich glaube, da ist ein Eisenring im Boden. Möglicherweise ist es eine Falltür.« Russell richtete sich auf.

»Lasst mich mal sehen!«, rief Erasmus. Johnny nahm ihn aus dem Rucksack und stellte ihn auf den Tisch. Sie schoben das Bett zur Seite und wirklich, in den Boden war eine rechteckige Steinplatte eingelassen. Abwechselnd zogen sie an dem Ring. Doch sosehr sie sich auch bemühten, die Platte rührte sich einfach nicht vom Fleck.

»Macht mal Platz!«, verlangte der Schädel.

Johnny und Russell traten zur Seite. Durch Erasmus' Mondsteinauge zogen dunkle Wolken, während er seinen Blick auf den eisernen Ring richtete. Eine Weile geschah nichts, doch dann gab es einen Ruck, und die steinerne Platte fing an sich zu bewegen. Sofort waren die Jungs zur Stelle.

»Wer fasst zuerst rein?«, fragte Johnny, nachdem sie die Platte ein Stück verschoben hatten.

»Immer der, der fragt«, antwortete Russell.

Johnny leuchtete mit seiner Taschenlampe in die Öffnung. Es war nicht mehr als eine ausgehobene Kuhle, doch die war eindeutig als Versteck gedacht.

»Was ist drin?«, fragte Erasmus gespannt.

»Ich weiß nicht«, murmelte Johnny. »Aber ich fühle etwas!« Er zog eine dickwandige Kristallflasche heraus, in deren Innern es seltsam schimmerte.

»Das Geisterlicht!«, rief Erasmus erfreut. »Gut gemacht!

Seht ihr die Tropfsteine, die innen an der Flaschenwand wachsen?« Johnny und Russell nickten. »Man nennt sie Seelenfänger. Sie ziehen herumstreunende Seelen stärker an als ein Topf Honig die Bären. Sobald ein Geist in der Nähe ist, ziehen ihn die Steine zu sich in die Flasche. Man braucht den Flaschenhals nur noch zu verkorken, und schon sind die Seelen darin gefangen.«

»Für immer?«, fragte Johnny.

Erasmus ließ das Mondsteinauge in seiner Augenhöhle rotieren. »Ich sagte: Man verschließt den Flaschenhals mit einem Korken ... Na, merkst du was?«

»Ach so! Das heißt, sobald man den Korken aus der Flasche zieht ...«

»Kann sich der Geist daraus befreien – genau. Die Steine ziehen die Seelen an, aber sie bannen sie nicht, kapiert?«

Russell und Johnny nickten.

»Aber«, fing Johnny noch einmal an, »wie viele Geister passen denn da rein?«

»Ach, ein paar sind es schon«, sagte der Schädel. »Und wenn die Flasche voll ist, leerst du sie einfach in einem Galgenbrunnen aus.«

»Einem Galgenbrunnen?«, echoten Johnny und Russell im Chor.

»Ich erzähle euch später davon. Jetzt seht nach, ob da drin sonst noch etwas zu finden ist.«

Johnny kannte Erasmus noch nicht besonders lange, aber eins war klar: Wenn er nicht darüber reden wollte, dann redete er auch nicht darüber.

Also leuchtete er erneut in das Versteck und zog ein Bündel vergilbter Pergamentrollen heraus.

»Ich hab's gewusst!«, jubelte Erasmus. »Das sind meine Aufzeichnungen! Schnell! Gib sie her!«

Johnny zögerte. Einen winzigen Moment überlegte er, ob sich seine Verhandlungsposition verbessern ließ, wenn er ihm die Rollen nicht gab.

»Vergiss es, oder du wirst nie den Spruch erfahren, mit dem man die Geister besänftigt, bevor man sie wieder aus der Flasche lässt.«

Missmutig legte Johnny die Rollen auf den Tisch.

»Da kommt jemand«, flüsterte Russell. Sofort war Johnny bei ihm an der Tür. Und wirklich, leise tappende Schritte hallten von den Gewölbewänden wider.

20. Kapitel

Die geborenen Helden

Johnny und Russell lauschten. Plötzlich hörten sie ein leises Flüstern, gefolgt von einem Scharren, als würde Stein über Stein kratzen. Dann war es wieder still.

»Das kam aus der Krypta!«, meinte Johnny zögernd. Er hatte nicht die geringste Lust, den Ort aufzusuchen, an dem Generationen von Sinclairs in ihren Sarkophagen lagen. Dann hörten sie das Geräusch ein zweites Mal. »Ich glaube, wir sollten nachsehen!«, murmelte er.

Russell zögerte ebenfalls. »Aber nur wenn der Schädel mitkommt!«

»Nein, geht mal schön allein. Ich bin beschäftigt!«, sagte Erasmus, und damit war die Sache für ihn erledigt.

»Hast du das Salzhorn?«, flüsterte Johnny.

»Das Salzhorn und das Amulett«, bestätigte Russell und rührte sich nicht vom Fleck.

Johnny gab ihm einen aufmunternden Knuff. »Na los, es ist nicht weit. Wenn's brenzlig wird, sind wir im Nu wieder hier.«

»Was ist, wenn es kein Geist ist, sondern irgendwelche Diebe?«, fragte Russell störrisch.

»Diebe?« An so etwas Absurdes hatte Johnny noch nie gedacht. »Das sind keine Diebe. Hier gibt es nichts zu klauen, und jetzt komm!« Johnny ließ seine Taschenlampe aufblitzen.

»Nicht dass man uns sieht!«, wisperte Russell.

»Ich kann sie auch ausmachen. Aber dann beschwer dich nicht, wenn du auf die Nase fällst und dir die Zahnspange verbiegst.«

Leise schlichen sie durch den dunklen Gang. Die Grabkammer war nicht weit von ihnen entfernt. Und doch kostete sie jeder Schritt große Überwindung. Wachsam bis in die Zehenspitzen tasteten sie sich voran. Dann hatten sie die Gruft der Sinclairs erreicht.

Johnny schaltete seine Taschenlampe an und ließ den Lichtstrahl über die weiß getünchten Wände gleiten, an denen noch immer der Ruß der Fackeln klebte, die früher diesen Raum beleuchtet hatten. Plötzlich stutzte er.

»Was ist?«, flüsterte Russell.

Johnnys Herz klopfte so laut, dass ihm die Ohren dröhnten. »D...Der Sarkophag«, stotterte er. »Er wurde geöffnet.«

»Was?«, quietschte Russell, und dann sah er es auch. Der schwere Steindeckel war ein Stück zur Seite geschoben, und der Sarkophag stand eine Handbreit offen. Im selben Moment hörten sie ein leises Rascheln, und zwei Gestalten lösten sich aus der Dunkelheit. Mit einem Satz sprangen sie in den Schein der Taschenlampe. Johnny und Russell schrien erschrocken auf.

»Angst, Sinclair?«, feixte Barty Bell, und Alfie lachte dreckig. Sie schalteten ihre eigenen Taschenlampen ein und beleuchteten ihre Gesichter von unten. Mit schlurfenden Schritten und ausgestreckten Armen kamen sie auf die beiden Jungs zu.

Johnny zählte bis drei und Russell noch ein bisschen länger. So sehr hatten sie sich erschreckt. »Wart ihr das?«, fragte Johnny und deutete auf den offenen Sarkophag.

»Und wenn schon. Ich wollte schon immer mal wissen, was in diesen Dingern drin ist«, sagte Barty.

»Die sehen echt gruselig aus. Man merkt, dass das deine Verwandten sind. Ihr seht euch voll ähnlich!«, grinste Alfie.

Johnny spürte, wie die Wut in einer Welle durch seinen Körper schoss. Mit einem zornigen Schrei stürzte er sich auf Barty und Alfie. Da wurde es plötzlich hell in der Krypta.

Grünes Licht glitt über die weißen Wände, und das Geistermädchen erhob sich aus einem der steinernen Särge. Sie schwebte einfach durch den geschlossenen Deckel aus ihm heraus. Johnny hielt die Luft an. Denn diesmal wandte sie ihnen nicht den Rücken zu. Diesmal zeigte sie ihnen ihr Gesicht. Oder besser: den fleckigen Schleier, der ihr Gesicht versteckte. Schweigend stand sie in der Luft und blickte auf sie herab. Johnny, der gerade auf Alfies Armen kniete, sprang auf.

»Tolle Show, Sinclair!«, rief Barty und hatte ganz plötzlich seinen eigenen Gargoyle 5000 in der Hand.

»Hör auf!«, rief Johnny. Doch Barty lachte nur höhnisch. »Glaubst du im Ernst, ich hätte noch nie ein Hologramm gesehen?« Und im nächsten Moment schoss er auch schon einen Wasserstrahl auf das Geistermädchen. »Na, wie gefällt dir das?«

Jetzt griff auch Alfie nach seiner Wasserpistole. Abwechselnd zielten sie auf die Erscheinung, die noch immer über den Sarkophagen schwebte.

»Ist das Salzwasser?«, fragte Russell.

»Quatsch!«, knirschte Barty grimmig. Dann stutzte er. Die Aura des Geistermädchens änderte die Farbe. Aus Schimmelgrün wurde tiefes Violett. Und ihre knochenbleichen Hände griffen ganz langsam nach dem Schleier.

»In Deckung!«, schrie Johnny.

Barty und Alfie schrien entsetzt auf. Und während Johnny

und Russell es schafften, in Deckung zu gehen, schwebte der Geist einfach durch Barty und Alfie hindurch. Sie fielen um wie zwei Kegel und rollten über den Boden. Die Augen weit geöffnet, blieben sie wie erstarrt liegen.

»Sie hat sie berührt!«, keuchte Johnny.

»Na und?«, japste Russell.

»Das kann sie umbringen.«

Und es sah fast so aus, als hätte der Geist des Mädchens genau das vor. Sie stieg auf bis unter die Decke und schoss dann auf Barty und Alfie herab.

In diesem Augenblick traf ein Strahl Salzwasser ihre Erscheinung. Es gab ein britzelndes Geräusch, als würde Wasser auf eine Herdplatte tropfen, und das Geistermädchen fuhr wütend zurück.

»Lass sie in Ruhe!«, rief Johnny mit seinem Gargoyle 5000 im Anschlag.

Die Erscheinung zögerte. Einen endlosen Moment pendelte sie unschlüssig auf und ab. Dann stieß sie einen markerschütternden Schrei aus und schoss durch die Decke des Gewölbes davon.

Sofort stürzten Johnny und Russell zu den beiden Jungs, die noch immer reglos und mit offenen Augen auf dem Boden lagen. Johnny legte seine Finger an Bartys Hals und prüfte den Puls. Der Puls war deutlich zu spüren, auch wenn Barty eiskalt war. Das Gleiche galt für Alfie.

»Was ist mit ihnen?«, fragte Russell.

»Ich glaube, das nennt sich Geisterschock. Erasmus hat es zumindest so genannt. Wir müssen sie hier rausbringen!«

Mit vereinten Kräften schleiften sie Barty und Alfie bis zum Fuß der Wendeltreppe, die hinauf in die Ruinen von Mordor führte.

»Bleib bei ihnen. Ich hole noch schnell meinen Rucksack. Und Erasmus«, sagte Johnny und war auch schon auf dem Weg.

Als er in die Kammer des Alchemisten zurückkehrte, sah ihn der Schädel neugierig an. »Ist etwas passiert?« In knappen Sätzen erzählte Johnny, was in der Krypta vorgefallen war. »Diese verdammten Bengel! Geschieht ihnen recht, dass sie gefrostet wurden«, regte sich Erasmus auf. »Wer so respektlos mit den Toten ...«

»Wir sollten sie jetzt besser nach oben bringen«, unterbrach Johnny ihn und packte schnell sämtliche Utensilien, Papierrollen und Erasmus in seinen Rucksack.

Den Gargoyle 5000 in der Hand, lief er zur Treppe zurück, wo Russell ihn schon sehnsüchtig erwartete. Plötzlich kam ein Stöhnen aus seinem Rucksack. »Alles okay?«, fragte Johnny und sah besorgt hinein.

»Nein«, antwortete Erasmus. »Ich habe mir nur gerade versucht vorzustellen, was geschieht, wenn sie im Hof auf all die Menschen trifft. Bei Geistern ist es wie mit den Wespen: Sie stechen zu, wenn man sie reizt.«

»Ich habe sie aber nicht gereizt!«, schnaufte Johnny empört, während er Barty Stufe für Stufe nach oben zerrte. »Ich habe den beiden Kackspechten das Leben gerettet.« Er machte eine Pause und wischte sich mit dem Ärmel den Schweiß von der Stirn, bevor er Barty weiter die Stufen hinaufzerrte.

»Ich bezweifle, dass die Braut das genauso sieht. Sie ist stinksauer und sinnt auf Rache.«

»An uns?«

»Nicht unbedingt. Ihr ist völlig schnurz, wen ihre Rache trifft. Hauptsache, sie kann ordentlich Dampf ablassen.«

»Heißt das, sie würde auch die Menschen im Burghof angreifen?«, fragte Russell.

Johnny sah ihn erschrocken an.

»Durchaus«, kam es aus dem Rucksack. »Es sei denn, sie wird von jemandem aufgehalten.«

Das waren ja tolle Nachrichten. Die beiden Jungs verdoppelten ihre Anstrengungen, Barty und Alfie nach oben zu bringen, und hatten es schließlich geschafft. Sie legten die beiden in den Ruinen ab, und Johnny flitzte los, um Cécile zu holen.

Die Stimmung im Burghof hätte nicht besser sein können. Es gab Musik und Getränke, und alle amüsierten sich bestens. Johnny entdeckte sein Kindermädchen an einem Tisch beim Armdrücken. Vergeblich versuchte er, ihre Aufmerksamkeit auf sich zu ziehen. Aber Cécile war so bei der Sache, dass sie ihn überhaupt nicht bemerkte. Schließlich ging Johnny zu ihr an den Tisch. »Cécile!«

»Moment!« Céciles Stimme klang gepresst, denn es fehlten nur noch wenige Zentimeter, und sie hätte den Arm ihres Gegners auf die Tischplatte gedrückt.

»Es ist wichtig!«

»Um was zum Kuckuck geht es?«

»Um ... um die Geister«, flüsterte Johnny ihr ins Ohr.

»Um was?!« *Bumm, zack*. Der Gegner hatte ihre Unachtsamkeit ausgenutzt und ihren Arm auf den Tisch gedrückt.

»Verflixt!«, fluchte Cécile. Dann sah sie Johnny an. »Erzähl!«, forderte sie ihn auf.

In knappen Worten erzählte ihr Johnny, was passiert war. »Du musst dich um Barty und Alfie kümmern. Russell und ich passen hier im Hof auf.«

»Du und Russell?«, schnaubte Cécile, während sie Johnny im Laufschritt folgte. »Kommt nicht infrage. Ihr beide bleibt schön in meiner Nähe!«

Glücklicherweise richtete sich ihre Aufmerksamkeit dann auf die beiden Geisteropfer, und Johnny und Russell verdrückten sich, bevor Cécile sie zurückhalten konnte.

»Glaubst du, der Schädel hat recht, und das Geistermädchen taucht wieder auf?«, fragte Russell, während sie zum Burghof liefen.

»Natürlich habe ich recht«, drang die beleidigte Stimme des

Schädels aus dem Rucksack. »Und jetzt beeilt euch! Bevor es zu spät ist und ich hier drinnen seekrank werde.«

»Hast du das Salz?«, fragte Johnny seinen Freund.

»Yep!«, antwortete Russell schnaufend.

Im Hof der Burg deutete nichts auf irgendwelche bevorstehenden paranormalen Erscheinungen hin. Die Leute schwatzten und tanzten noch immer so vergnügt wie bisher und ließen sich gerne für den *Scotsman* und die *Sunday Post* ablichten. In allen Ecken des Burghofs brannten Fackeln, und Feuerkörbe schickten knisternde Funkenbündel in den Abendhimmel. Wachsam ließen Johnny und Russell ihre Blicke über die Burg und die Menschen wandern. Aber alles war ruhig.

»Na, ist es nicht schon ein bisschen zu kalt, um mit Wasserpistolen zu spielen?«, gluckste ein Mann in einem grünen Kilt und deutete auf den Gargoyle 5000. Johnny antwortete nicht, sondern schob sich an ihm vorbei durch die Menge.

»Da ... da!«, ertönte plötzlich ein erschreckter Schrei. Eine Frau deutete mit zitterndem Arm nach oben. Das Geistermädchen balancierte wie eine Schlafwandlerin über die Zinnen der Burg. Die Arme ausgestreckt, als wollte sie das Gleichgewicht halten, während sie von einem blassgrünen Leuchten umgeben war.

Johnny sah sich nervös um. Im Hof war es so voll, dass er nicht einmal genügend Platz hatte, um seinen Gargoyle 5000 zu benutzen, falls es nötig wurde.

»Wir müssen raus aus der Menge!«, rief er Russell zu und lief zur Treppe, die hinauf auf den Wehrgang führte.

Russell folgte ihm nur zögernd. »Ich weiß nicht … das ist keine gute Idee. Wir sitzen hier oben wie auf dem Präsentierteller. Wo sollen wir uns denn verstecken?«

Eine Antwort bekam er nicht mehr.

Denn in diesem Moment hob das Geistermädchen die Arme wie eine Turmspringerin und stürzte sich von den Zinnen in die Tiefe.

»Aaaaah!«, kreischten die Menschen entsetzt. Und auch Johnny und Russell hielten die Luft an. Es war ein scheußlicher Anblick. Das Geistermädchen fiel wie in Zeitlupe. Kleid und Haare flatterten im Wind. Kurz vor dem Boden breitete sie ihre Arme aus und blieb mitten in der Luft stehen. Wieder stöhnten die Menschen auf.

Das Geistermädchen schien den Augenblick zu genießen. Ruckartig wandte sie ihren Kopf erst in die eine, dann in die andere Richtung, so als würde sie etwas suchen. Plötzlich hatte sie ihr Ziel gefunden. Sie fing an zu wachsen, wurde lang und länger und schoss wie ein Pfeil über den Burghof. Dabei schrie sie so schrill, dass sich die Leute die Hände auf die Ohren pressten.

Im Zickzack zischte sie durch die Menge. Johnny ließ seinen Rucksack zu Boden fallen und gab einen Schuss Salzwasser auf sie ab. Vom Wehrgang aus hatte er den perfekten Blick.

»Herzlichen Glückwunsch zum Geburtstag!«, brüllte er, so laut er nur konnte.

Das Geistermädchen heulte wütend auf. Und die Menschen blickten fassungslos auf den Jungen, der dort so unerschrocken auf dem Wehrgang stand und die schaurige Erscheinung unter Beschuss nahm.

Auch der nächste Wasserstrahl war ein Volltreffer. Der Geisterkörper bekam bereits Risse. Zornig stieg das Mädchen in die Luft und stand Johnny jetzt genau gegenüber. Der zielte erneut. Doch diesmal war das Geistermädchen schneller. Sooft er es auch versuchte, sie wich dem Wasserstrahl immer wieder geschickt aus. Es war unmöglich, sie zu treffen. Jetzt kam der Geist zu ihnen auf den Wehrgang. Russell ging vorsichtshalber in Deckung, doch das Mädchen hatte es ohnehin auf Johnny abgesehen. Wie ein gefräßiger Tiger schlich sie auf ihn zu und drängte ihn an die Mauer des Wehrgangs. Schon fühlte er die rauen Steine in seinem Rücken.

»Das Salz hat mein Kleid zerstört«, säuselte sie missmutig.

»Tut mir leid«, presste Johnny hervor und suchte nach einem Ausweg.

»Du bist sehr mutig, Johnny Sinclair. Ich mag mutige Jungen. Willst du nicht mein Freund sein?«

Das kam ziemlich unerwartet.

»W...Warum nicht?«, stotterte Johnny und presste sich immer fester gegen das Mauerwerk.

»Wir könnten zusammen im Treppenturm spuken oder ein paar Mauersteine von den Zinnen werfen oder im Angstloch auf den Abend warten …«

In diesem Moment warf Russell das silberne Wurfnetz von hinten über die Erscheinung. Es knisterte, und das Geistermädchen war unter dem Netz gefangen. Sofort schlüpfte Johnny an ihr vorbei und griff nach seinem Rucksack.

»Hier, das Geisterlicht!«, knurrte Erasmus' morsche Stimme. Die bauchige Flasche flog Johnny förmlich entgegen. Er fing sie auf und stellte sie direkt vor dem Geistermädchen auf. Die Seelensteine im Innern der Flasche pulsierten blutrot.

»Oooh!«, rief die Menge im Burghof. Und die Reporter der Tageszeitungen knipsten ein Bild nach dem anderen.

Das Geistermädchen stieß ein wütendes Knurren aus und versuchte zu fliehen. Doch das Netz ließ ihr keine Chance. Mit offenen Mündern sahen Johnny und Russell zu, wie sie Stück für Stück in die Flasche gezogen wurde und schließlich ganz darin verschwand.

Johnny verkorkte die Flasche, und das Silbernetz fiel rasselnd zu Boden.

»Bravo!!!« Applaus brandete auf, und Jubel ertönte. Die Menschen, die alles mit angesehen hatten, waren außer sich vor Erleichterung und Freude. Die einen, weil sie es für eine ganz wunderbare Vorstellung hielten, und die anderen, weil sie froh waren, dass der Spuk endlich vorbei war.

Schnell steckte Johnny das Geisterlicht in seinen Rucksack und gab Russell feierlich die Hand. »Gute Arbeit, Partner!«

»Nicht schlecht«, lobte auch Erasmus. »Auch wenn du mich etwas sanfter hättest absetzen können.«

»Sinclair ... Sinclair ... Sinclair ...!«, skandierte die Menge. Johnny winkte ihnen verlegen von der Balustrade des Wehrgangs aus zu. Der Applaus schwoll an wie das Tosen der Brandung. Johnny zog Russell neben sich, damit er auch etwas davon abbekam.

»Ich glaube, du brauchst demnächst einen größeren Balkon. Damit du zum Volk sprechen kannst«, grinste Russell.

Johnny verbeugte sich nach links und nach rechts. Es war ihm ein bisschen peinlich, so gefeiert zu werden. Aber auch nur ein bisschen ... Denn letztendlich war es ein extrem cooles Gefühl. Johnny verneigte sich abermals, da fiel sein Blick auf Cécile. Sie stand in der Menge und funkelte Johnny zornig an. In der Hand hielt sie ein Voodoo-Zepter.

»Oh-oh!«, sagte Russell. »Ich glaube, sie kommt her!«

Das glaubte Johnny auch. Er schnappte seinen Gargoyle und den Rucksack und flitzte los. »Lass uns verschwinden!«, rief er Russell über die Schulter zu.

Aus dem Verschwinden wurde leider nichts. Denn Cécile erwartete sie bereits am Fuße der Treppe.

»Wie ... wie bist du denn so schnell hierhergekommen?«, stotterte Johnny.

»Was sollte das?«, blaffte sein Kindermädchen, und aus ihren Augen schienen Blitze zu schießen. »Ich habe euch gesagt, dass ihr bei mir bleiben sollt. Stattdessen liefert ihr euch einen Kampf mit einem Loa! Seid ihr verrückt geworden?«

»Was hätten wir denn tun sollen?«, verteidigte sich Johnny. »Sie war plötzlich da und hat die Leute angegriffen.«

»Das ist kein Grund …«, fuhr Cécile ihm ins Wort.

»Aber wir hatten die Waffen, um sie zu besiegen!«

»Hatten wir!«, stimmte Russell seinem Freund zu.

Plötzlich blitzte es. Mehrere Reporter hatten sie entdeckt und richteten ihre Kameras auf sie.

»Lächeln!«, sagte Russell und strahlte, dass die Totenschädel auf seinen Zähnen nur so blitzten.

»Wir sprechen uns später«, knurrte Cécile und zwang sich ebenfalls zu einem Lächeln.

»Wunderbar! Herzlichen Glückwunsch!«, riefen die Journalisten, während die Menschen erneut applaudierten.

»Es war das erste Mal, dass ich einen Geist ablichten konnte«, freute sich der Mann von der *Sunday Post*.

Johnny lächelte, hob den Daumen und winkte in die Kameras. Russell tat es ihm nach. Cécile stand in der Mitte und hatte sich bei den beiden eingehakt.

»Wie geht es Barty und Alfie?«, fragte Johnny zwischen zwei Grinsern.

»Gut«, antwortete Cécile. »Sie haben sich schnell erholt und sind wie die begossenen Pudel abgezogen. Die Lust auf Abenteuer dürfte ihnen allerdings fürs Erste vergangen sein.«

Das Blitzlichtgewitter hörte nicht mehr auf. »Wir müssen noch einmal hoch in die Bibliothek«, sagte Johnny. »Wir haben dort jeman… äh, etwas vergessen.« Und mit diesen Worten löste er sich aus Céciles Armen und zog Russell mit sich fort.

21. Kapitel

Ein kniffliges Rätsel

»Seid vorsichtig beim Betreten der Bibliothek!«, warnte der Schädel, während sie durch die leeren Flure liefen.

Johnny und Russell öffneten die Bibliothekstür nur einen winzigen Spalt und lugten hinein. Ein Fenster stand auf, und die Bücher lagen noch genauso durcheinander, wie sie sie verlassen hatten. Vorsichtig traten die Jungs ein.

»Och nee! So ein Mist!«, schimpften sie.

»Was ist los?«, kam es dumpf aus dem Rucksack.

»Er ist weg«, sagte Johnny und starrte betroffen auf den Salzkreis, in den sie den Highlander eingeschlossen hatten.

»Habt ihr hier Ratten?«, fragte Russell.

Johnny zuckte mit den Schultern. »Wieso?«

»Es sieht aus, als wäre etwas durch das Salz gelaufen und hätte den Kreis unterbrochen. Der Schleifspur nach könnte es sich dabei um einen Rattenschwanz gehandelt haben.«

»Jetzt holt mich hier endlich raus!«, polterte Erasmus im Rucksack.

Johnny nahm den Schädel heraus und stellte ihn auf ein Lesepult. »Gut beobachtet, die Spur stammt eindeutig von einer Ratte«, lobte Erasmus, nachdem er den Salzkreis in Augenschein genommen hatte. Russell strahlte. »So ein Salzkreis ist eben nicht für die Ewigkeit gemacht. Ein Windstoß oder irgendein Nager, der den Kreis unterbricht, schon ist das Gefängnis keinen Pfifferling mehr wert.«

»So sieht es wohl aus«, meinte Johnny. »Und jetzt?«

»Jetzt kümmert ihr euch am besten um den Geist, den ihr gerade eben gefangen habt.«

Johnny nahm das Geisterlicht aus seinem Rucksack und stellte es neben Erasmus auf das Lesepult. Das Geistermädchen hatte sich inzwischen beruhigt und hockte auf dem Boden der Flasche.

»Frag sie, warum sie keine Ruhe findet!«, forderte der Schädel Johnny auf.

Der sah ihn an. »Einfach so?«

»Du kannst es auch auf umständliche Weise machen.«

»Also gut.« Johnny räusperte sich. »Warum spukst du hier auf der Burg herum? Ich meine, du bist keine Sinclair, oder etwa doch?«

Der Schädel verdrehte sein Mondsteinauge, und das Geistermädchen fing an sich aufzulösen. Ihre Konturen verschwammen, und es blieb nur noch etwas violetter Rauch von ihr übrig.

»Das hast du ja prima hingekriegt!«, meckerte Russell.

»Ist sie weg?«, wunderte sich Johnny.

»Kaum. Sie hat lediglich ihre Form geändert«, erklärte der Schädel. »Frag sie noch einmal, weshalb sie keine Ruhe findet.«

Johnny warf einen missmutigen Blick auf das Glas. »Mach du doch. Mir ist das zu blöd. Sie antwortet ja eh nicht.«

»Vergessen«, ertönte es leise. Es war nicht mehr als ein Wispern, das durch den Raum schwebte und zum Fenster hinauszog.

Im ersten Moment wusste Johnny nicht, ob er es nur gedacht oder tatsächlich gehört hatte.

»Ohne Namen«, wehte es erneut durch den Raum. »Ohne Namen, ohne Namen, ohne Namen«, hallte es aus allen Ecken der Bibliothek wider.

»Hört ihr das auch?«

Russell nickte. »Ich habe voll Elefantenpickel.« Er zeigte Johnny seinen Arm. Der beachtete ihn gar nicht.

»Wie heißt du?«, fragte er das Geistermädchen.

Doch das Geistermädchen blieb still.

»Jetzt mach schon. Sag uns, wie du heißt, und ich verspreche dir, ich werde dafür sorgen, dass man dich nie wieder vergisst.«

»Echt?«, staunte Russell.

»Yep!«, sagte Johnny und kratzte sich am Kopf. Doch das Geistermädchen blieb stumm.

»Weiber!«, meinte Russell.

»Geister dürfen ihre Namen niemandem verraten. Jedenfalls so lange nicht, bis ihn jemand von allein herausgefunden hat«, erklärte Erasmus. »Na, dann strengt mal eure kleinen grauen Zellen an.«

»Tolle Wurst!«, murmelte Johnny.

»Minnesang, Minnesang, Minnesang ...«, kam es flüsternd von den Wänden.

»Mienensand?«

»Mimmi sang?« Verblüfft sahen sich Johnny und Russell an.

»Für mich klang es wie *Minnesang*!«, sagte Cécile, die ganz plötzlich in der Tür stand.

Johnny und Russell fuhren herum, und auch Erasmus warf einen Mondsteinblick auf Cécile. »Die Voodoo-Hexe! Schon wieder ...«, murmelte er griesgrämig.

Im ersten Moment wollte Johnny das Geisterlicht verstecken. Doch dann bemerkte er, wie sinnlos es war. »Wie lange stehst du schon in der Tür?«

»Lange genug«, lächelte Cécile.

»Aber Sie wissen schon, dass es unhöflich ist zu lauschen?«, fragte Russell.

»Natürlich weiß ich das. Aber manchmal ist man eben zur rechten Zeit am rechten Ort. Ich bin über die Butas vollkommen im Bilde. Wie sollte ich sonst mein kleines Mairübchen schützen?«, fragte Cécile und sah Johnny liebevoll an.

Der stöhnte leise auf. Das hatte Cécile nicht wirklich gesagt! Doch ein Blick in Russells vergnügtes Gesicht zeigte, dass er sich schon mal mit seinem neuen Spitznamen anfreunden konnte.

»Respekt, my Lady!«, ertönte da eine Stimme, die wie die Stimme des Highlanders klang.

Erschrocken sahen sich Johnny und Russell um, doch sie konnten ihn nirgendwo entdecken.

»Er ist dort hinten, im Kamin!«, sagte Erasmus und klappte blitzschnell den Mund wieder zu.

»Da ist niemand mehr. Wo hast du ihn gesehen?«, fragte Johnny.

Doch Erasmus blieb stumm.

»Ach, nee. Sag bloß, Mister Tod kann reden?!«, fragte Cécile.

»Nennen Sie mich nie wieder Mister Tod, verstanden? Darauf reagiere ich allergisch!«

Johnny und Russell blickten von einem zum anderen.

»Sie sehen aus wie Lord Samedi«, sagte Cécile.

»Wer ist das?«

»Sie haben die gleichen Tattoos.«

»Was verstehen Sie von meinen Tattoos?«

»Eine ganze Menge, glaube ich«, gab Cécile zur Antwort. »Das hier oben stammt aus Madagaskar. Hab ich recht?«

»Stimmt«, antwortete der Schädel verblüfft.

»Und das über ihrer Nasenwurzel aus Haiti.«

»Auch das stimmt.«

Cécile lachte. »Sehen Sie. Ich schlage vor, wir räumen hier erst mal zusammen auf. Sie natürlich nicht. Ich meine die Jungs. Und dabei erzähle ich Ihnen, was ich sonst noch so alles über Ihre Tattoos weiß.«

Nachdem sie die Bibliothek einigermaßen in Ordnung gebracht hatten, verdrückten sich Johnny und Russell rasch mit ein paar gemurmelten Worten. Es gab Wichtigeres zu tun, als die Bücher auch noch alphabethisch zu ordnen. Sie gingen in Johnnys Zimmer, und Russell warf sich dort sofort aufs Bett.

»Wir müssen ihren Namen herausfinden, sonst werden wir sie niemals los«, meinte Johnny und ließ sich mürrisch auf den Stuhl vor seinem Schreibtisch fallen.

»Schwierig«, sagte Russell. »Ist aber auch zu blöd, dass sie uns ihren Namen nicht einfach verraten kann.«

»Stimmt«, pflichtete Johnny ihm bei. Er griff nach einem *John Sinclair*-Roman, rollte ihn zusammen und klopfte damit rhythmisch gegen die Kante seines Schreibtisches. So konnte er sich am besten konzentrieren. »Weißt du noch, was das Geistermädchen gesagt hat?«, fragte er nach einer Weile.

»Klar. Sie sagte *Vergessen* und *Mimmi sang* oder *Minnesang*, wie Cécile meinte. Keine Ahnung, was das sein soll.«

»Such mal im Netz«, bat Johnny. Und Russell tippte den Begriff in sein Handy.

»Und?«

Russell zuckte mit den Schultern. »Alter, warum habt ihr kein WLAN?«

Sie warteten und warteten, und Johnny wollte gerade rüber in den Mäuseturm laufen, um den Rechner seiner Eltern hochzufahren, als Russell ihn zurückhielt.

»Warte! Hier steht etwas.« Russell überflog den Inhalt. »Minne ist das mittelhochdeutsche Wort für Liebe. Ein Minnesänger trug Liebeslieder vor und war an den Ritter- und Adelshöfen im Mittelalter ein gern gesehener Gast.« Russell sah von seinem Handy auf. »Klingt logisch. Auf den Burgen war vermutlich sonst nicht viel los. Da war man für jede Abwechslung und Unterhaltung dankbar. Selbst wenn so ein Schlagerheini vorbeischaute.«

»Kann sein«, murmelte Johnny. »Aber was hat der Minnesang mit dem Namen der Geisterbraut zu tun?«

»Vielleicht wollte sie mit einem Minnesänger durchbrennen, und ihr Bräutigam ...«

»Quatsch, es geht um ihren Namen«, unterbrach ihn Johnny.

Dann sah er Russell wie elektrisiert an. »Vielleicht gibt es einen Liedtext, in dem ihr Name vorkommt.«

Russell dachte kurz nach. »Hoffentlich nicht. Hast du eure Bibliothek gesehen? Wo sollen wir da anfangen zu suchen?«

»Du hast recht. Vielleicht meint sie ja auch keinen Liedtext, sondern etwas anderes.«

Beide Jungs schwiegen und dachten nach. »Bei uns gibt es einen Sängersaal«, sagte Johnny plötzlich zögernd.

Russell sah ihn an. »Einen Sängersaal ...?«

»Ja, ich dachte ... Minnesang ... Sängersaal. Vielleicht gibt es da eine Verbindung.« Johnny verzog ein wenig hilflos das Gesicht.

»Okay, warum nicht?«, meinte Russel großzügig. »Bevor wir bis zu unserer Rente in der Bibliothek wühlen, sehen wir uns den Saal doch einmal an.«

Sie liefen hinunter in den Hof, auf dem die freiwilligen Helfer bereits damit beschäftigt waren, die Tribüne abzubauen und aufzuräumen, und nahmen zwei Fackeln aus der Halterung. Dann kehrten sie schnell in die Burg zurück. Die Gesprächsfetzen, die sie dabei aufschnappten, drehten sich noch immer um die rätselhafte Geistererscheinung.

»Wie weit müssen wir denn noch rauf?«, schnaufte Russell, während sie den Treppenturm hinaufliefen. »Ich habe eigentlich gedacht, wir planen ganz gemütlich unseren Besuch in Malcolms Grund.«

»Dachte ich auch. Aber wer konnte ahnen, dass die Geister ausgerechnet heute Abend so aufdrehen? Da sind wir!« Johnny stieß die Tür zum Sängersaal auf.

Der Sängersaal war ein langer Raum mit bleiverglasten Fenstern und einer hohen Balkendecke. An den Wänden hingen Darstellungen von Ritterturnieren und Jagdszenen. Neugierig traten die Jungen an die Bilder heran. Die Flammen ihrer Fackeln zuckten unruhig über die Gemälde und ließen sie seltsam lebendig wirken.

»Das sind zwar ganz schön alte Schinken«, meinte Russell nach einer Weile, »aber ich glaube nicht, dass wir hier den Namen der Geisterbraut finden.«

»Einen Versuch war es wert«, meinte Johnny enttäuscht und wandte sich gerade zum Gehen, als Russell vor einem schweren Samtvorhang stehen blieb.

»Was ist denn dahinter?«, fragte er und zog mit einem Ruck den Vorhang zur Seite. Im selben Moment stieß er einen leisen Pfiff aus. »Mein lieber Herr Gesangsverein! Was man nicht so alles hinter staubigen Vorhängen findet!«

Sofort war Johnny bei ihm, und auch er traute seinen Augen nicht. Versteckt hinter dem zerschlissenen Vorhang hingen drei Bilder, die offenbar eine Geschichte erzählten. Auf dem ersten war eine kleine Reisegesellschaft zu sehen. Vorneweg ein schwarzer Ritter auf einem dunklen Pferd. Ihm folgten eine junge Frau auf einem struppigen weißen Pony sowie drei weitere Personen auf ihren Pferden. Der letzte Reiter war ein Fahnenträger, dessen Banner zwei schwarze Zapfen und eine Rose zeigte. Im Hintergrund des Bildes sah man die Umrisse einer trutzigen Ritterburg.

»Das muss Greyman Castle sein!«, murmelte Johnny, und Russell nickte.

Das zweite Bild stellte eine Szene auf dem Burghof dar. Dort knieten ein Mann mit grauem Bart und seine junge Braut vor dem Schlossherrn, um seinen Segen zu empfangen. Darüber, ineinander verschlungen, die beiden Wappen sowie ein Schmuckband mit den Namen Oswald Ohnegrund und Edle Jungfer Isobel.

Das dritte Bild war eine weiße Winterlandschaft. Öde und dürr. Ein schwarzer Ritter auf einem dunklen Pferd ritt über ein verschneites Feld davon. Hinter ihm ein frisches Grab. Vor ihm eine andere kleine Reisegesellschaft, die ihn erwartete.

»Auweia«, murmelte Russell.

Johnny räusperte sich. »Ihr Name ist Isobel«, sagte er.

Russell nickte. »Das glaube ich auch. Aber wie heißt sie weiter?«

»Keine Ahnung«, antwortete Johnny leise, und plötzlich tat ihm das Geistermädchen unendlich leid. »Fragen wir Erasmus. Vielleicht kann er sich die Bilder mal ansehen.«

Als wollten sie alle traurigen Gedanken abschütteln, sausten die beiden hinunter in den Hof. Sie steckten die Fackeln zurück in ihre Halterungen und standen gleich darauf wieder in der Bibliothek.

»Ach, sieh an. Die beiden Drückeberger«, begrüßte sie Cécile. »Ihr wusstet doch, dass wir hier noch nicht fertig waren, als ihr euch aus dem Staub gemacht habt.«

Verlegen sahen sich die Jungs an. »Es war für einen guten Zweck«, sagte Johnny. »Wir kennen jetzt ihren Namen.«

»Fast«, fügte Russel hinzu. »Wir kennen den ersten Teil ihres Namens. Der Nachname fehlt uns noch.«

»Redet ihr vom Namen des Geistermädchens?«, fragte Cécile ungläubig.

Johnny und Russel nickten.

»Ernsthaft?« Auch Erasmus sah die beiden erstaunt an.

»Wir waren im Sängersaal ...« Ein Seufzen wehte durch den Raum, als Johnny den Sängersaal erwähnte. »Dort haben wir drei Bilder entdeckt, die ihre Geschichte erzählen.«

»Sie heißt Isobel«, sagte Russell.

»Und weiter?«, fragten Cécile und der Schädel im Chor.

»Na ja, wie wir schon sagten, ihren Familiennamen kennen wir nicht. Aber auf zwei der Bilder ist ihr Wappen zu sehen. Und da dachten wir, dass Erasmus uns vielleicht weiterhelfen kann.«

»Beschreibt mir das Wappen. Was ist darauf zu erkennen?«

»Nicht viel. Zwei schwarze Zapfen auf grünem Grund und eine Rose.«

»Was sind das für Zapfen?«, wollte der Schädel wissen.

»Erlenzapfen«, sagte Russell, und Johnny sah ihn erstaunt an. Konnte es sein, dass der Streber in Bio tatsächlich aufgepasst hatte?

»Erle und eine Rose«, murmelte der Schädel. »Oder *Alder*, wie man hierzulande sagt. Alderrose. Isobel von Alderrose.«

Kaum hatte der Schädel den Namen ausgesprochen, stieß das Geistermädchen einen kleinen jubelnden Schrei aus, gefolgt von einem glücklichen Lachen.

»Ich glaube, ihr habt gerade jemanden sehr glücklich gemacht«, lächelte Cécile. »Es würde Isobel sicher gefallen, wenn wir im Burghof einen Rosenstock pflanzen, der zur Erinnerung an sie ihren Namen trägt.«

»Klar würde ihr das gefallen«, sagte Johnny. »Sie ist schließlich ein Mädchen.«

22. Kapitel

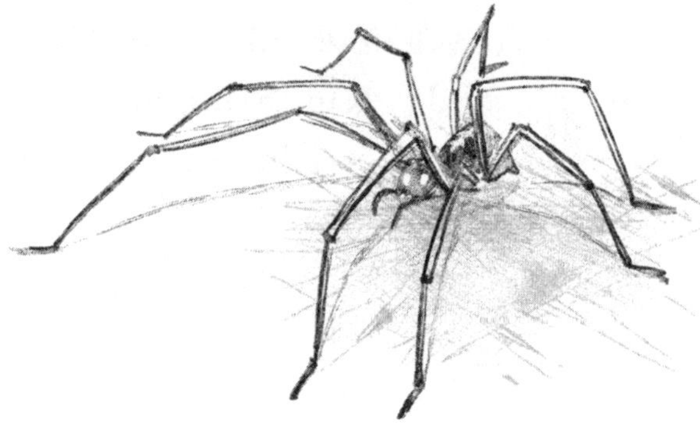

Malcolms Grund

Am nächsten Morgen, gleich nach dem Frühstück, machten sie sich auf den Weg zu Mrs Whitewaters Cottage. Cécile hatte stundenlang herumtelefoniert, um herauszubekommen, wo man in der Gegend die besten Rosenstöcke kaufen konnte. Und Mrs Whitewater war die beste Rosenzüchterin weit und breit.

»Was ist, seid ihr bereit?«, fragte Cécile, als Johnny und Russell noch immer auf der breiten Treppe in der Eingangshalle saßen und auf Russells Handy starrten.

»Sind wir«, antwortete Johnny. »Wir mussten bloß kurz etwas recherchieren. So wie es aussieht, liegt das Cottage von Mrs Whitewater direkt an der Straße, die an MacMolls Grund vorbeiführt.«

»Und was ist an MacMolls Grund so interessant?«

»Na ja ...«, fing Johnny an.

»Erzählt es mir, wenn wir im Auto sitzen!«, unterbrach ihn Cécile und klimperte mit dem Autoschlüssel.

Johnny und Russell standen auf und beeilten sich, ihr zu folgen.

Sobald sie im Auto saßen und das Burgtor hinter sich gelassen hatten, sah Cécile sie im Rückspiegel an. »Und jetzt erzählt mir, was es mit MacMolls Grund auf sich hat!«

Johnny und Russell tauschten einen kurzen Blick. »Wir sind uns nicht hundertprozentig sicher«, fing Johnny an. »Aber ist dir schon mal aufgefallen, dass MacMoll ein Anagramm für Malcolm sein könnte?

»Nein. Und wer soll dieser Malcolm sein?« Cécile schien nicht besonders beeindruckt.

»Malcolm Sinclair«, vervollständigte Russell den Namen. »Ein Ex-Verwandter von Johnny.«

»Er ist noch immer mit mir verwandt«, gab Johnny zurück. »Auch wenn er schon ein paar Hundert Jahre tot ist. Erinnerst du dich an den Schwert schwingenden Highlander, der mich dauernd über den Flur gejagt hat?«

»Na sicher!« Jetzt wurde Cécile hellhörig.

»Wir glauben, dass sich sein Grab in MacMolls Grund befindet.«

»Er liegt nicht bei seinen Ahnen begraben?«, fragte Cécile und runzelte die Stirn.

Die beiden Jungs schüttelten den Kopf.

»Genau da liegt das Problem. Erasmus hat uns aus der Chronik vorgelesen. Darin stand, dass er sich vor lauter Wut über einen verpassten Kampf in sein eigenes Schwert gestürzt hat«, erzählte Johnny.

»Es war also Selbstmord«, ergänzte Russell. »Und deshalb ...«

»... wurde er außerhalb der Burgmauern begraben«, brachte Cécile den Satz zu Ende. »Das erklärt natürlich so manches. Ihr habt recht. Wir sollten uns dort einmal umsehen.«

Mrs Whitewaters Garten war ein einziger Rosenstrauch, und ihr Cottage lag mittendrin. Als sie ankamen, wurden sie bereits von einer grauhaarigen Frau in Tweed-Rock und Strickjacke erwartet. Sie führte sie durch ihren Garten, und gemeinsam suchten sie eine wunderschöne, zartrosa blühende Strauchrose aus. Die Rosenzüchterin wickelte sie in feuchte Tücher und gab ihnen auch noch einen Eimer spezieller Rosenerde mit. Zufrieden mit ihrem Kauf machten sie sich auf den Rückweg.

»Da wird sich Isobel sicher freuen«, sagte Cécile und sah die Jungs im Rückspiegel an.

»Bestimmt«, pflichtete Russell ihr bei. »Ich kenne niemanden, der seinen eigenen Rosenstock hat.«

»Sie hat ja auch über 500 Jahre darauf warten müssen«, meinte Johnny und sah aus dem Fenster. Die Landschaft flog nur so an ihnen vorbei. »Könntest du vielleicht ein bisschen langsamer fahren? Ich glaube, MacMolls Grund muss hier gleich um die Ecke sein.«

Johnny hatte recht. Schon hinter der nächsten Kurve wies ein verwittertes Holzschild darauf hin.

Cécile bremste scharf ab und bog holpernd in einen schmalen Feldweg ein. MacMolls Grund war nicht mehr als eine kleine Mulde in einem Teppich aus violett blühendem Heidekraut, in deren Mitte sich ein paar Kiefern angesiedelt hatten. Außer zwei Wohnwagen, auf die jemand den Namen *MacMolls Clan* gesprüht hatte, und einer Feuerstelle deutete nichts darauf hin, dass dieses Fleckchen Erde von jemand anderem genutzt wurde als von Grauhörnchen, Wildbienen und Moorhühnern.

»Ob wir sein Grab zwischen all dem Heidekraut jemals finden?«, überlegte Russell.

»Wenn es überhaupt ein Grab gibt«, meinte Johnny. »Bisher ist es nichts weiter als eine Idee.«

Cécile öffnete den Kofferraum und holte ihre Wünschelrute heraus. »Wir werden es gleich erfahren«, sagte sie. Die Wünschelrute sah aus wie ein dünner Ast, der sich am oberen Ende gabelte. Johnny hatte Cécile schon öfter damit hantieren sehen. Ganz gleich, ob es sich um Eulenknochen, Hirschhorn oder den Zahn eines Bibers handelte, die Wünschelrute half ihr, das Gesuchte zu finden. Dass man damit auch Gräber aufspüren konnte, war Johnny allerdings neu.

Moorhühner suchten gurrend das Weite, als sie sich MacMolls Grund näherten. Hier, im Schatten der Kiefern, roch es nach dem Harz der Bäume und dem Farn, der rundum den Boden bedeckte. Wie sollten sie hier nur ein jahrhundertealtes Grab wiederfinden?

»Ich kann nirgendwo einen Grabstein entdecken«, sagte Russell enttäuscht.

»Er ist sicher längst umgekippt und mit Moos bewachsen. Wenn es jemals einen Grabstein gegeben hat. Mit Selbstmördern ist man damals nicht zimperlich umgegangen«, erklärte Cécile und nahm die Gabel der Wünschelrute in beide Hände. »Ihr bleibt drei Schritte hinter mir!«, befahl sie und hob die Arme. Langsam drehte sie sich in alle Himmelsrichtungen, und plötzlich fing die Wünschelrute an zu zucken. Cécile ließ die Arme sinken und folgte ihr wie einem Spürhund. Johnny und Russell trabten gespannt hinterher. Dann blieb Cécile stehen, und die Wünschelrute fing an auszuschlagen. Wie ein Hundeschwanz klopfte sie auf den Boden.

»Hier muss es sein.« Cécile deutete auf eine Stelle im Farn, die sich durch nichts von anderen Stellen unterschied.

Johnny ließ sich sofort auf die Knie fallen und fing an, sie genauer zu untersuchen. Wie ein Trüffelschwein, die Nase dicht über dem Boden, kroch er auf allen vieren durch Bärlapp und Schachtelhalme. Dann hatte er etwas entdeckt. »Ich glaube, hier ist etwas!«, rief er aufgeregt.

Sofort war Russell bei ihm. Sie rupften und gruben mit bloßen Händen und fanden tatsächlich eine Steinplatte. Mit vereinten Kräften stellten sie sie auf und lehnten sie gegen einen Baumstamm. Asseln und Regenwürmer suchten schleunigst das Weite. Die Erde unter dem Stein war schwarz und schwer und von Moosen und Farnen verschont geblieben.

»Im Auto liegt ein Spaten. Ich hole ihn!«, sagte Cécile und war auch schon verschwunden.

Johnny wischte mit den Händen den Schmutz vom Stein.

»Ich hoffe, du bist gegen Tetanus geimpft!«, sagte Russell.

Johnny hörte ihm nicht zu. Verschiedene in den Stein gehauene Ornamente kamen zum Vorschein. Und schließlich ließen sich die Buchstaben *M...COL...* und *...AIR* entziffern. Das war alles, was darauf stand.

»Na, ist es tatsächlich das Grab des Highlanders?«, fragte Cécile, als sie vom Auto zurückkam.

»Es sieht ganz danach aus«, antwortete Johnny.

Sein Kindermädchen betrachtete die Inschrift und nickte. »Das ist eine Gedenktafel. Es scheint also Menschen gegeben zu haben, die ihn doch nicht vergessen wollten.« Sie reichte Johnny den Spaten.

»Was soll ich damit?« Er hatte geglaubt, Cécile wolle mal wieder eine Alraune ausgraben oder so etwas Ähnliches.

»Wir sollten Malcolm nach Hause bringen«, sagte sie. »Sein Platz ist in der Gruft der Sinclairs und nicht hier draußen.«

»Das hat Erasmus auch gesagt«, sagte Russell eifrig.

»Hat er das?«, staunte Johnny.

»Na ja, so ungefähr. Er meinte, das könnte der Grund sein, weshalb der Highlander keine Ruhe findet.«

»Stimmt, das hat er gesagt. Aber ich habe noch immer keine Ahnung, was wir dagegen unternehmen können. Es dürfte nicht mehr viel von ihm übrig sein.«

Cécile lachte. »Keine Sorge. Wir nehmen einfach etwas Erde aus seinem Grab und bringen sie nach Greyman Castle zurück.«

»Du meinst, das funktioniert?«, fragte Johnny.

»Ich bin ganz sicher!«, antwortete Cécile.

»Ich bin auch ganz sicher«, sagte Russell. »Für ihn ist es, wie nach Hause zu kommen.« Er sah auf die Uhr. »Wir müssen uns übrigens beeilen. Meine Mum holt mich um zwei ab.«

Johnny sah ihn kurz an. »Ihr habt recht. Wir bringen den Highlander zurück auf die Burg und bestatten ihn in der Gruft der Sinclairs.«

Cécile drückte ihm den Spaten in die Hand, und Johnny schaufelte zwei Schippen Erde in eine Obsttüte, die Cécile gleich mitgebracht hatte. Dann verwischten sie ihre Spuren und machten sich auf den Heimweg.

23. Kapitel

Eine Rose für Isobel

Als sie auf der Burg ankamen, war der Burghof bereits leer und sauber gefegt. Nichts deutete mehr darauf hin, dass hier vor Kurzem ein Fest stattgefunden hatte. Die Damen vom Festkomitee und ihre freiwilligen Helfer hatten ganze Arbeit geleistet.

»Schade, von mir aus hätte es noch ein paar Tage so weitergehen können«, seufzte Cécile und holte den Rosenstock aus dem Kofferraum.

Johnny war ganz froh, dass der Trubel endlich vorbei war.

Jetzt konnte er sich wieder ganz auf die wichtigen Dinge des Lebens konzentrieren. Zusammen mit Russell lief er hinauf in sein Zimmer, um das Geisterlicht zu holen. Erasmus stand auf der Fensterbank und sah nicht einmal zu ihnen herüber, als sie den Raum betraten. So vertieft war er in seine Aufzeichnungen.

»Wo ist sie?«, fragte Johnny statt einer Begrüßung und ließ den Blick suchend durch den Raum wandern. Das Geisterlicht war nirgends zu sehen.

»Wer?«

»Das Geistermädchen in der Flasche«, antwortete Johnny ungeduldig.

»Ach die«, sagte der Schädel muffig. »Die findest du unter deiner Bettdecke. Ich hatte ganz vergessen, dass Geisterlichter nicht schalldicht sind. Sie seufzt, klagt oder schimpft ohne Unterlass. Kurz, sie stört meine Konzentration.«

Russell hob die schwere Bettdecke an und zog das Geisterlicht darunter hervor. Der Nebel darin hatte eine sanfte rosa Farbe angenommen.

»Habt ihr eine schöne Rose ausgesucht?«, säuselte es in der Flasche.

»Haben wir«, antwortete Johnny. »Wenn du bereit bist, kann es losgehen. Wir pflanzen die Rose, und deine Seele kann fliegen, wohin sie will.«

»Bereit!«, wisperte es.

Es wurde eine feierliche und schöne Zeremonie. Sie pflanzten den Rosenstock an einen sonnigen Platz direkt an der Burgmauer, und Cécile stellte ein provisorisches Schild auf, auf dem stand: *In Erinnerung an Isobel von Alderrose. Auf dass sie niemals vergessen wird.*

Dann kam der große Augenblick. Johnny stellte das Geisterlicht neben die Rose. Bevor er den Stöpsel herauszog, zögerte er.

»Wie heißt der Spruch, mit dem man die Geister besänftigt, bevor man sie aus der Flasche lässt?«, fragte er den Schädel.

»Es gibt keinen«, antwortete Erasmus und klapperte vergnügt mit den Zähnen.

»Da hast du mich ja schön reingelegt«, brummte Johnny und zog den Stöpsel heraus.

Im selben Moment stieg eine rosafarbene Rauchsäule aus der Flasche. Sie umkreiste die Rose und hüllte sie schließlich ganz ein. »Wie sie duftet ...«, wisperte es leise. Und der nächste Windhauch wehte den Geisternebel davon.

Eine Weile standen sie stumm beieinander. Dann knisterte Russell mit der Tüte, in der sich die Erde von Malcolm Sinclairs Grab befand. »Ich will ja nicht drängeln. Aber ich hab nicht mehr so viel Zeit.«

»Okay«, sagte Johnny. »Dann ist jetzt der Highlander dran.«

Im Haus klingelte das Telefon. »Kommt ihr allein klar?«, fragte Cécile.

»Logisch«, sagte Johnny und stopfte Erasmus wieder zurück

in seine Kapuze, aus der er ihn extra für die Zeremonie herausgeholt hatte.

»Bemerkenswert, dass ihr auch an den armen Malcolm gedacht habt«, fand Erasmus, während sie durch die Ruinen von Mordor hinunter in die Gruft stiegen.

»Ach was«, wehrte Johnny ab. »Ich will den Schreihals endlich loswerden. Das ist alles.«

»Außerdem lag MacMolls, ähm ... Malcolms Grund auf dem Weg«, sagte Russell und schaltete seine Taschenlampe ein.

Der Deckel des Sarkophags, den Barty und Alfie geöffnet hatten, stand immer noch offen.

»Zu irgendetwas müssen die beiden Blitzbirnen ja gut sein«, grinste Johnny. Er hielt die Hand auf und wartete darauf, dass Russell ihm die Tüte reichen würde. Doch der bewegte sich nicht. Stumm deutete er auf den Kopf des Highlanders, der durch die Decke auf sie herabblickte.

»Was soll das werden?!«, polterte er.

Johnny fing sich als Erster. »Wir wollen Sie erlösen, Sir!«, sagte er. »Wir haben etwas Erde aus Ihrem Grab mitgebracht. Die geben wir hier in den Sarkophag. Dann sind Sie wieder mit ihrer Familie vereint, und wir ...«

»... haben endlich unsere Ruhe«, murmelte Russell.

»Untersteh dich!«, polterte der Geist. »Wer sagt, dass ich mit den aufgeblasenen, selbstgefälligen Torfnasen vereint sein will? Womöglich auf engstem Raum und für immer!«

Johnny hörte nicht auf ihn. Es war ihm egal, was der Highlander wollte oder nicht. Er wollte auf jeden Fall seine Ruhe haben. Und deshalb schüttete er die Erde von Malcolm Sinclairs Grab mit einem Schwung in den Sarkophag.

»Aaaaa!«, heulte es schaurig durch die Krypta. Danach war alles still, und der Highlander war verschwunden.

Johnny und Russell sahen sich an. Das Geistermädchen hatte eindeutig glücklicher geklungen. Mit vereinten Kräften schoben sie den steinernen Deckel zurück an seinen Platz und klatschten sich ab.

»Das habt ihr gut gemacht«, lobte Erasmus, während sie die Treppen hinauf ans Tageslicht stiegen. »Mit etwas Übung könnten aus euch tatsächlich ganz passable Geisterjäger werden.«

Johnny und Russell grinsten. »Das sehen wir ganz genauso. Ab heute gehört Greyman Castle wieder den Lebenden und nicht den Toten.«

»Und Tommy Drum?«, fragte der Schädel.

Johnny zuckte mit den Schultern. »Hat sich aufgelöst und wurde nicht wieder gesehen.«

»Stimmt«, pflichtete Russell ihm bei. »Sollte er jemals wieder …«

»Russell! Russell!«, hörte man Cécile rufen. »Deine Mum ist da!« Johnnys Kindermädchen kam durch die Küche über den Hof gelaufen.

Erschrocken sah Russell auf die Uhr. »Ist es schon zwei?«

Cécile schüttelte den Kopf. »Nein, aber deine Mum scheint etwas nervös zu sein.«

Johnny drückte den Schädel ein Stück tiefer in seine Kapuze und folgte Russell in den vorderen Burghof.

Dort tigerte Mrs Moore bereits ungeduldig auf und ab. Als sie Russell erblickte, kam sie auf ihn zu und zog ihn schützend in ihre Arme. Sie drückte ihn so fest an sich, dass es selbst Russell zu viel wurde. Und der war, was das betraf, ziemlich schmerzfrei.

»Mein armes Würstchen!«, rief sie immer wieder. »Du siehst ganz verstört aus. Warum hast du Mummy nicht angerufen?«

Die Worte und Küsse prasselten nur so auf Russell ein, dass Johnny vor lauter Fremdschämen einen ganz roten Kopf bekam. Endlich gelang es Russell, sich aus ihren Armen zu lösen.

»Mir geht es gut!«, keuchte er.

»Wirklich?« Mrs Moore sah ihn zweifelnd an. »Nach allem, was dir widerfahren ist?«

»Mir ist nichts widerfahren«, antwortete Russell beinahe trotzig.

»So?« Die Stimme seiner Mutter wurde laut. »Und was ist das?« Grimmig zog sie die Sonntagszeitung aus dem Wagen und hielt ihrem Sohn die Titelseite unter die Nase.

Geisterjäger Johnny Sinclair, stand da in fetten Lettern. Darunter war ein Foto zu sehen, das Johnny zeigte, wie er das Geistermädchen mit seinem Gargoyle 5000 in Schach hielt, während Russell drei Schritte hinter ihm stand und versuchte, sich zu verstecken.

»Nicht gerade das beste Foto von mir«, sagte Russell trocken.

»Wow! Darf ich mal?«, fragte Johnny.

Mit schmalen Lippen reichte Russells Mum ihm die Zeitung.

Gestern Abend wurde halb Blacktooth Zeuge eines paranormalen Angriffs. Und wir wurden Zeugen, dass der Mut der Sinclairs auch nach 900 Jahren noch legendär ist. Johnny grinste. *Johnny Sinclair, der junge Lord von Greyman Castle, begab sich umgehend auf Geisterjagd und rettete ....*

Johnny grinste noch breiter. Darunter war das Bild, das Cécile zeigte, wie sie Johnny und Russell links und rechts im Arm hielt. Er überflog den Artikel. *Wie wir von Lord Sinclair persönlich erfuhren, könnte er sich gut vorstellen, sein Hobby zum Beruf zu machen und auch künftig auf Geisterjagd zu gehen.*

»Das hast du gesagt?«, staunte Russell, der mitgelesen hatte.

Johnny zuckte mit den Schultern. »Ich kann mich nicht mehr so genau erinnern. Aber es ist zumindest eine gute Idee.« Er grinste und wurde auf der Stelle ernst, als er Mrs Moores verkniffenes Gesicht sah.

Sie packte Russell am Kragen und bugsierte ihn ins Auto. »Was du tust, bleibt selbstverständlich dir und deinen Eltern überlassen. Unser Russell wird jedenfalls kein Geisterjäger!«

»Aber …«, meldete sich Russell von der Rückbank.

»Ruhe! Du wirst Investmentbanker in Singapur, so wie dein Vater und ich es für dich vorgesehen haben, basta!« Und mit diesen Worten rauschten sie davon.

24. Kapitel

Beruf: Geisterjäger

Es war Abend geworden. Johnny hatte den ganzen Nachmittag damit verbracht, Logos für seine neuen Visitenkarten als Geisterjäger zu entwerfen. Jetzt, wo bereits die großen Zeitungen darüber berichteten, musste er bereit sein für all die Aufträge, die hoffentlich bald eintrudeln würden. Eine gute Möglichkeit, sein Taschengeld ein bisschen aufzubessern!

Es war sehr schade, dass Russell so früh von seiner Mutter abgeholt worden war. Zusammen hätte es sicher doppelt so viel

Spaß gemacht. Na ja … vielleicht auch nicht. Russell war, was solche Dinge betraf, nicht besonders kreativ und hätte als Motive sowieso nur Hexenhüte und Kürbisfratzen vorgeschlagen.

Johnny hielt das rechteckige Kärtchen, das er aus Karton ausgeschnitten hatte, eine Armlänge von sich entfernt und grinste zufrieden. »Nicht übel!«, murmelte er.

Geisterjäger Johnny Sinclair, stand da in gelben, fetten Buchstaben, von denen Blut tropfte. *Agentur für paranormale Phänomene und Geistervertreibungen jeder Art.*

Wenn man Mrs Adams Glauben schenkte, war Blacktooth ein Tummelplatz für Geister, Monster und andere Spukgestalten. Mit etwas Glück würden die ersten Aufträge nicht lange auf sich warten lassen.

Kurz überlegte Johnny, ob er Erasmus den Entwurf zeigen sollte. Aber der Schädel hatte darum gebeten, ihm die Kammer des Alchemisten als Arbeitszimmer zur Verfügung zu stellen. Er hoffte allen Ernstes, dass es ihm mithilfe der Aufzeichnungen gelingen würde, seinen Körper wiederzufinden.

Doch Johnny hatte heute Abend keine Lust, noch einmal durch dunkle Gänge zu laufen. Stattdessen setzte er sich ans offene Fenster und schaute hinaus. Obwohl es noch nicht besonders spät war, stand der Mond wie eine blasse Silbermünze am Himmel. Der Wind, der vom Ozean übers Moor strich, brachte den Geruch von Herbst mit sich.

Aufmerksam huschte sein Blick über die Zinnen des Wehrgangs, die sich schwarz vor dem Mondlicht abhoben. Einen kurzen Moment fürchtete er, Tommy Drum über den Wehrgang marschieren zu sehen. Doch alles blieb ruhig. Da zog ein helles Licht seine Aufmerksamkeit auf sich, das sich in raschem Tempo näherte. Ein Fahrrad rollte durch die Toreinfahrt auf den Hof.

Johnny rieb sich verblüfft die Augen. Millie Edwards schob ihr Rad über das Kopfsteinpflaster und stellte es direkt unter seinem Fenster ab. Sie war wie immer von Kopf bis Fuß schwarz gekleidet und sah sich suchend um.

Verlegen rieb er sich die Nase. Er wusste nicht, wie er reagieren sollte. Aber jetzt war er doch ziemlich froh, dass Russell schon von seiner Mutter abgeholt worden war.

Millie war noch nie auf Greyman Castle gewesen und lief prompt in die falsche Richtung. Zielstrebig überquerte sie den Hof Richtung Zeughaus.

»Suchst du etwas Bestimmtes?«, rief Johnny.

Millie blieb auf der Stelle stehen und sah zu seinem Fenster hinauf. »Oh, ja ... nein ...«, stotterte sie. »Ich wollte eigentlich zu dir.« Verlegen brach sie ab. Dann gab sie sich einen Ruck. »Ich habe den Artikel über dich und Russell in der Zeitung gelesen ...«

»Warte! Ich bin gleich unten!«, rief Johnny. Er knallte das Fenster zu, schnappte seine Jacke und flitzte los. Als er auf den Hof kam, wartete Millie neben ihrem Fahrrad auf ihn.

»Hi!«, sagte sie verlegen.

»Hi!«, antwortete Johnny. Dann schwiegen sie einen ungemütlichen Moment.

»Ich ...« – »Warum ...«, fingen beide gleichzeitig an.

Millie lächelte und strich sich nervös eine Haarsträhne aus dem Gesicht. »Ich habe ein Problem«, sagte sie. »Und ich habe die Bilder in der *Sunday Post* gesehen ...« Sie zuckte hilflos mit den Schultern. »Na ja, du bist der einzige Mensch, den ich kenne, der so etwas tut.«

Johnny runzelte die Stirn. »Heißt das, du hast ein Geisterproblem?« Also hatte Erasmus recht gehabt mit seiner Vermutung.

Millie nickte. »So ungefähr. Allerdings ist das Ding für einen Geist ziemlich real. Ich glaube, es haust auf dem Friedhof. Jedenfalls habe ich es dort ein paarmal gesehen. Es ist ungefähr so groß.« Sie deutete mit der Hand auf ihre Hüfte. »Und es läuft wie ein Affe.« Sie verzog das Gesicht. »Das letzte Mal ist es mir bis nach Hause gefolgt. Es kann sogar Wände raufklettern ... Natürlich habe ich mein Zimmer mit Zauberkräutern und Pentagrammen gesichert. Trotzdem mache ich seit Wochen kein Auge mehr zu. Im Unterricht schlafe ich deswegen immer ein ...« Millie redete und redete.

Johnny hörte ihr kaum noch zu. Der Tag war noch nicht zu Ende, und schon kam sein erster Auftrag angeradelt. Natürlich würde Millie Rabatt bekommen. Sie war seine Mitschülerin und seine erste Kundin. Russell würde den Mund nicht mehr zubekommen, wenn er ihm morgen in der Schule davon erzählte. Ganz diskret, versteht sich. Ein Geisterjäger hängt seine Arbeit nie an die große Glocke. Das tat Oberinspektor Sinclair auch nicht ...

»... blutige Abdrücke«, sagte Millie gerade.

Johnny lächelte. »Überlass das alles mir«, meinte er mit beruhigender Stimme. »Genau dafür sind Geisterjäger ja da.« Er reichte Millie seine erste und einzige Visitenkarte. »Du kannst beruhigt nach Hause fahren. Morgen nach der Schule sehen wir uns die Sache mal an. Falls noch etwas ist, hier steht meine Handynummer. Ähm, der Empfang macht manchmal Probleme. Einfach öfter versuchen.«

Und mit diesen Worten machte er kehrt und verschwand in seiner Burg. Erst als er bereits im Bett lag, kamen ihm die blutigen Abdrücke wieder in den Sinn. Was konnte Millie damit gemeint haben? Er grübelte einen Moment darüber nach, doch dann rollte er sich auf die Seite. Egal, heute war ein anstrengender Tag gewesen, und es reichte, wenn er es morgen erfuhr.

»Arrrgh!«, hallte es durch die Flure von Greyman Castle.

Doch da war Johnny längst eingeschlafen.

Sabine Städing liebt es, mit ihren Figuren in die unterschiedlichsten Welten abzutauchen. Die gebürtige Hamburgerin hat sich schon als Kind gern Geschichten ausgedacht und schreibt inzwischen erfolgreich für Kinder und Jugendliche. Nicht nur ihre Bücher rund um die kleine Hexe Petronella Apfelmus haben viele Fans. Mit Johnny Sinclair hat sie sich nun erstmals in den schottischen Highlands auf Geisterjagd begeben. Johnnys zweites Abenteuer ist bereits in Vorbereitung.

Mareikje Vogler, geboren 1981, machte eine Ausbildung zur Mediengestalterin und arbeitete mehrere Jahre in der Werbung. Später studierte sie an der Animation School in Hamburg Trickfilm und ist seit 2012 freiberuflich als Illustratorin und Designerin tätig. Mareikje Vogler lebt und arbeitet in Hamburg.

Auserwählt, um über den Dschungel zu herrschen

Robin Dix
TIGERHERZ
Der Prinz des Dschungels
Band 1
224 Seiten
mit zahlreichen
Abbildungen
ISBN 978-3-8339-0391-5

Tief verborgen im Regenwald wächst der junge Tiger Raja heran. Eines Tages soll er König werden, doch Eisenkralle, der finstere Bruder seines Vaters, will den Thron für sich selbst.
Und so beginnt eine gnadenlose Jagd auf Raja. Einzig der kluge Gecko Biru steht ihm zur Seite. Ihr Ziel ist die Insel der Schatten. Dort soll Raja seine Ausbildung zum Jäger beenden, um Eisenkralle die Stirn zu bieten. Doch der Weg dorthin ist weit und voller Gefahren ...

Der spannende Auftakt der großen Dschungel-Saga

Baumhaus

ATLANTIK
GREYMAN CASTLE
CHURCHMOOR
MRS ADAMS' HAUS
SCHULE
BLACKTOOTH
RUSSELLS HAUS
HOTEL